種付けおじさんの異世界プレス漫遊記
～その者、全種族（勇者と魔王も含む）を嫁にし、世界を救った最強無双のハーレム王なり～
JN026427
くさもち
ill. マッパニナッタ

アルティシア
「しゅ、しゅごいのおおぉおおおぉぉぉおおおぉおぉおおおおおぉぉおっ♥」

「あぁ、ダーリン……
来てぇ……♥
メリディアナを
いっぱい
可愛がってぇ……っ♥」
メリディアナ

「無論、お前を
連れ戻しに来たからだ――
女神ニケ」
ウィクトリア

くさもち
ill. マッパニナッタ
種付けおじさんの
異世界プレス漫遊記
~その者、全種族(勇者と魔王も含む)を嫁にし、世界を救った最強無双のハーレム王なり~

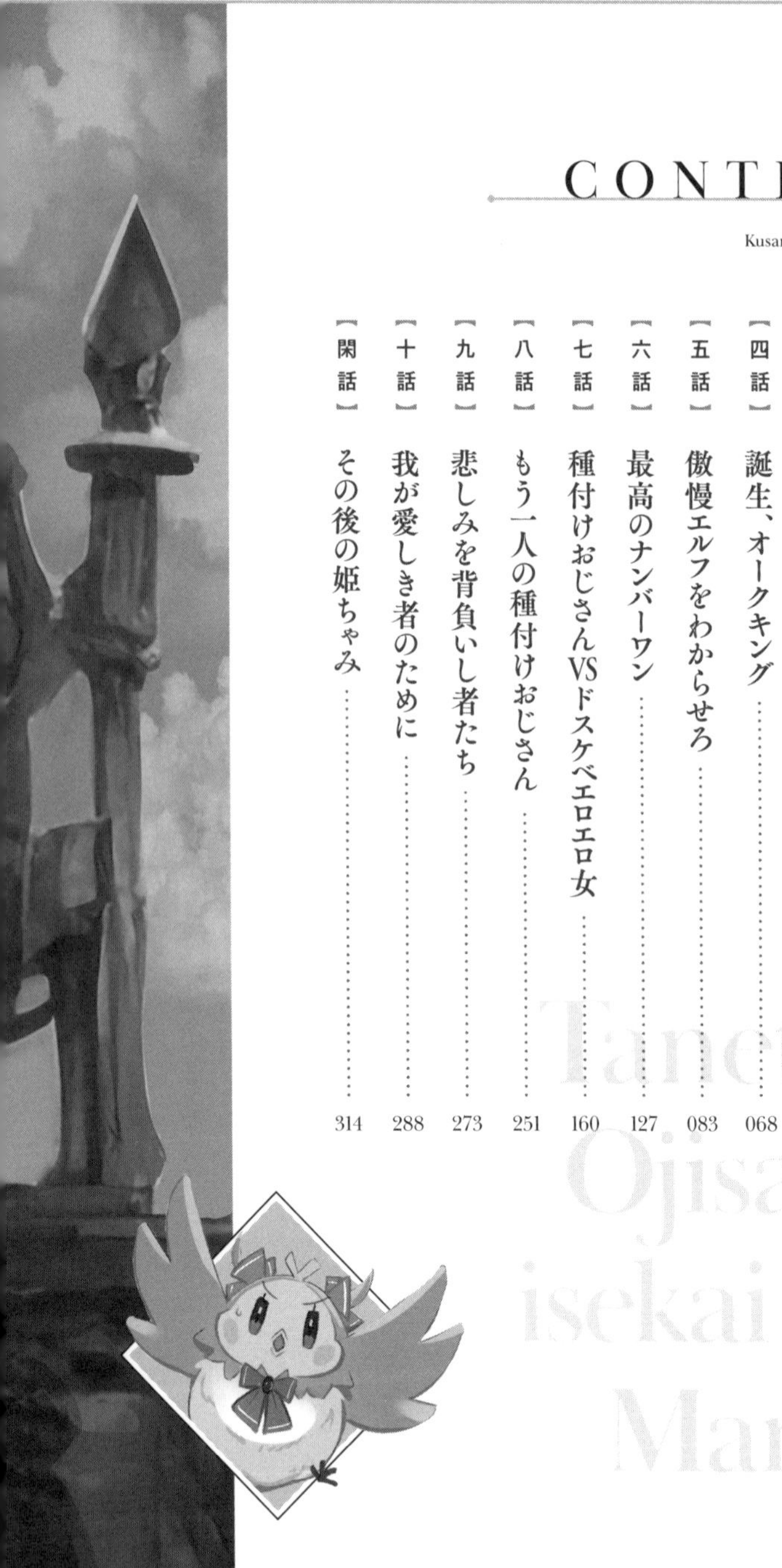

CONTENTS

Presented by
Kusamochi & Mappaninatta

Tanetsuke Ojisan no isekai press Manyuki

【一話】 種付け転生

Tanetsuke Ojisan no isekai press Manyuki

「というわけで、勤勉に生きたあなたには新たなる生が与えられることになりました。何か新しい世界でしてみたいことはありますか？　できうる限り希望に添いましょう」

純白の翼を広げ、このウユニ塩湖のような空間でそう俺に微笑みかけるのは、〝女神〟を自称する二十代前半くらいの美女だった。

なんでも彼女の話によれば、俺は不摂生が祟り、自室でひっそりと孤独死を迎えたらしい。だが真面目に生きたその功績が認められ、前世の記憶を所持したまま異世界に転生させてもらえるという。

正直、胡散臭いことこの上ないのだが、まあ最近はそういう類の創作物もちょいちょいあったりするからな。

適当に夢だとでも思って付き合ってやることにしたのだ。

「本当になんでもいいんだな？」

「ええ。大抵のことであれば叶えて差し上げられるはずです」

「そうか。では俺を――〝動けるデブバージョンの種付けおじさん〟にしてくれ」

「……はっ？」

「いや、だから俺を〝動けるデブバージョンの種付けおじさん〟にしてくれ」

「ちょ、ちょっとごめんなさい。……なんですって？」

怪訝そうな顔をする女神に、俺は三度（みたび）自分の願いを告げる。

「〝動けるデブバージョンの種付けおじさん〟だ。もちろん絶倫は言わずもがな、あっちの方もでかめのマジカルチ○ポで頼む。俺は快楽堕ちとＮＴＲをこよなく愛する男だからな」

「あの、すみません……。この綺麗な景色の中でよくそんな汚い願いを頼めますね……？　え、私ドン引きなんですけど……」

嫌悪感を全開にぎゅっと自身の身体を抱く女神に、俺は神妙に頷いて言った。

「まあ当然の反応だろう。だがあなたはさっき俺が〝ひっそりと孤独死した〟と言ったな？　暗い部屋の中で誰にも気づかれることなくずっと放置されていたと」

「え、ええ、まあ……」

「確かに俺は今まで真面目に生きてきた。人に迷惑をかけたこともほとんどなかったはずだ。そうならぬよう必死に気を遣ってきたからな。だがそんな俺の最期は、誰に看取られることもない孤独で寂しい死に様だった。あなたの認めてくれた勤勉の先に行き着いた末路がそれだ」

「……」

「だから俺は次の生でとにかく多くの人々に囲まれたいと思った。俺を慕ってくれる優しい人たちに囲まれたいと」

「……それが〝種付けおじさん〟ですか？」

「ああ、そうだ。ゆえに俺はこれからゆく剣と魔法の世界とやらで、かの大奥が如く三千以上の女性を囲い、それぞれと子を生すことを決めた。もちろん人間だけでなく、エルフに獣人、魔族などとも子を生すつもりだ。ゴブリンに孕まされる女騎士はいるが、ゴブリンを孕ませる種付けおじさんはいまい。そんなおじさんに、私はなりたい」

「いや、なんかちょっと最後文学っぽく締めてますけど、普通に言ってること最低ですからね？というか、ゴブリンもイケるってどういうことですか……」

「まあ〝種付けおじさん〟だからな」

「いや、だからなんなんですかそのおじさんは……」

がっくりと肩を落とした後、女神は俺に半眼を向けて言った。

「……でもまあいいです。あなたがそれを望むのであれば仕方ありません。つまり今のそのちょっと小汚い感じのまま、身体能力と精力の向上、そして大きめのマジカルチン……どんな女性でも虜にできる男性器を授ければよいのですね？」

「ああ、そうだ。あとできればケツ毛の処理とお肌はもちもちつるつるで頼む。やはり女性を相手にする以上、清潔感は大事だからな」

「いや、だったらまず見た目を変えた方がいいんじゃないですかねぇ……」

呆れたような女神の物言いに、俺は首を横に振って否定する。

「いいや、それはダメだ。仮に俺がイケメンになったとしよう。いわゆる〝イケオジ〟というやつだ。だがそんな爽やかなやつの種付けプレスになど一体なんの価値がある？　小汚いおっさんがやるからこその種付けプレスなのだ」

「そ、そうですか……。てか、〝種付けプレス〟って何……」

「なんだ、知らないのか。ではそこに横になってくれ。今から俺が実践しよう」

「いや、いいですよ!?　絶対ろくなことじゃないでしょ!?」

「何を言っている。由緒正しき種付け作法だぞ（怒）」

「いや、なんでちょっとムッとしてるんですか……。そんな顔になりたいのはむしろこっちの方ですよ……」

はあ……、と頭痛を覚えている様子の女神に、俺は「ふむ」と腕を組んで言う。

「しかしそうだな。これからゆく場所が剣と魔法の世界だというのであれば、恐らくは魔物に苦しめられている人々もいるのだろう。そんな人々を助けられる力もくれると助かる。先ほどから己の欲望を剥き出しにしてはいるが、俺は元々誰かを助けることに喜びを感じる男だからな」

「！」

そう告げた瞬間、今まで汚物でも見るような目をしていた女神の顔が一転して明るくなった。

「そ、そうですよ！　そういうのを見越して私はあなたを選んだんです！　じゃ、じゃあ何をお渡ししましょうか？　聖剣ですか？　それとも聖槍？」

「ふむ、そうだな。では竜すら葬れる最強の〝大剣〟で頼む。種付けおじさんらしい黒光りで血管の浮き出ているやつだ」

「そんな気持ち悪いものがあって堪（たま）るかってんですよ!?　……まあでも分かりました。ではあなたに唯一無二にして最強の大剣――《天牙（てんが）》を授けましょう」

「ふ、よい名だ」

どこか懐かしさすら覚えるその名に俺が口元を和らげていると、女神が後光を一層輝かせながら言った。

「では行きなさい、人の子よ。あなたの旅路に神々の祝福のあらんことを」

「ああ、感謝する。それと俺の子を産みたくなった時はいつでも言ってくれ。あなたには恩があるからな。最大級の敬意を持ってプレスしよう」

「いや、いいですよ⁉　気持ち悪いからさっさと行ってください⁉」

「ふ、照れ屋さんめ」

　ニヒルな笑みを浮かべていた俺を、女神はやっぱり汚物を見るような目で見続けていたのだった。

◇

　ちなみに、

「なんで私まで行かなきゃいけないんですかぁ〜⁉」

「まあそう言うな。あなたも俺のママになる運命だったということだ」

　彼女はその後、丸々太ったひよこのような姿にさせられて俺のお供になるのだが、それはまた別の話である。

【二話】いざ異世界へ

Tanetsuke Ojisan no isekai press Manyuki

　というわけで、本当に剣と魔法の世界とやらに転生させられてしまったわけだが、

「ふえぇ～……。なんで私がこんな目にぃ～……」

　よよよと小デブのひよこになった女神が人魚みたいな体勢ですすり泣く。

　本来女神が転生者とともに来ることはないらしいのだが、彼女の上司にあたる神々がなんか面白そうだから記録とってきて的な感じで出向を命じたらしい。

　ゆえに女神としての力をほとんど封じられ、可愛いマスコットになってしまったというわけだ。

「案ずるな。今のあなたも十分可愛いぞ、ぴのこ」

「誰が〝ぴのこ〟ですか⁉　私には〝ニケ〟という由緒正しき名前があるんですぅ⁉」

「ほう、神話に伝わる〝勝利の女神〟と同じ名だな。もしかしてあなたがその〝ニケ〟なのか？」

「い、いえ、それは別人というか、私は全然関係ないんですけど……」

「そうか。ならば〝ぴのこ〟でよかろう」

「いや、なんでですか⁉　〝ニケ〟だって言ってるでしょう⁉」

　いきり立って訂正してくる女神に、俺は腕を組んで言った。

「ふむ。だが今のあなたは女神ニケではなくただの太ったひよこだ。しかも自らの意思とは別の思惑で今この場にいる。であれば〝ぴのこ〟の方がよいのではないか？　こう言ってはなんだが、

せっかくの機会だからな。俺と同じく新しい生を楽しめばよいと思うのだ」

「まあ確かにあなたの仰りたいことも分かりますけど……」

「うむ。たまには別人になって長い休暇を楽しむのもよいではないか。まあ女神であるあなたにとっては束の間かもしれぬがな」

俺がそう微笑みかけると、女神もまた薄らと笑みを浮かべて言った。

「そうですね。確かにこんな機会は滅多にありませんし、あなたの仰るとおり楽しんでみるのもいいかもしれません」

「ああ。それにな、女神ニケよ」

「?」

「〝ニケ〟のままだったら、この旅路の中であなたが本来の姿を取り戻した時に、『行くぞ、ぴのこ』『嫌……。今は〝ニケ〟って呼んで……あんっ♡』みたいなプレスができんだろう？」

「あの、その未来が絶対来ないよう今すぐ私を殺してもらっていいですか？」

「ふっ」

「いや、なんですかその〝おぼこちゃんめ〟みたいな顔は……」

「ともあれだ。俺のステータス画面を見てくれ、ぴのこ」

「あの、私まだ〝ぴのこ〟受け入れてないんですけど……」

ぶつくさ言いつつも女神ことぴのこが俺の肩に飛び乗り、眼前に表示された半透明の画面を覗き見る。

名前：未設定
レベル：1
性別：男
年齢：36歳
種族：種付けおじさん
職業：種付けおじさん

文字通りこいつは俺のステータスが可視化されたものらしく、本人と女神のみ見ることができるという。

ページを横スクロールするとスキルや装備類、HPやMPなどの詳細なデータも見られるようだ。

「ここを見てくれ。俺の名前が〝未設定〟になっているのはどういうことなんだ?」

「いや、それよりも種族まで〝種付けおじさん〟になってるのは一体どういうことなんですか……。というか、〝職業：種付けおじさん〟って……」

「まあ生き様のようなものだからな。当然、種族であり、職業でもあろうよ」

「えぇ……」

どゆこと……、とドン引きしたように顔を引き攣らせた後、ぴのこは言った。

「……まあそれはそれとして、お名前に関しては一応転生後ですからね。皆さん新しくしたいだろうということで、その場で設定していただくことになっているんです。もちろん元のお名前がよければ、そちらでも構いませんよ」

「なるほど。ではせっかくだ――〝ゲンジ〟とでも名乗らせてもらおうか」

「あら、意外と普通のお名前ですね。何か由来でもあるんですか？」

「うむ。〝光源氏〟だ」

「……すみません。聞いた私が馬鹿でした……」

がっくりと肩を落とす、ぴのこ。

「まあ落ち着け。あれは俺が二十代も半ばに差し掛かった頃の話だ。いつものようにエロゲーを堪能していた俺はあることに気づいてしまった」

「……あること？　まさか登場人物のロリキャラを自分好みに育成したくなったんじゃないでしょうね？」

「いや、違う。〝義母〟だ」

「……義母？」

「そうだ。俺はいつの間にやら可愛いヒロインよりも先にエロい義母やヒロインの母親ばかりを攻略していることに気づいてしまったのだ……っ。思えばあの頃くらいから俺は人妻好きだったのやもしれぬ……」

「いや、知りませんよ……。てか、知ったこっちゃないですよ……。なんなんですかそのしょうもない告白は……」

本当に知ったこっちゃなさそうな顔をしていたので、俺は「ともあれ」と話を切り替える。

「その話はまた今度にしておこう。とにかくここでの俺は〝ゲンジ〟だ。〝種付けおじさん〟のゲンジ。ちなみに俺を呼ぶ時は〝おじさま〟と呼んでくれ。一度若い娘にそう呼ばれてみたかったのだ」

「はいはい、分かりましたよ、おじさま。それでこれからどうするんですか？」

「うむ。とりあえず近くの町のギルドにでも行こうと思う。こういう時はまず冒険者登録から始めるのが鉄則――」

と。

「――きゃあああああああああああああああああああああっっ⁉」

「「――っ⁉」」

ふいに女性の悲鳴らしき声が辺りに響き渡ったのだった。

◇

一体何ごとかと声のした方へ駆けてみれば、そこでは今まさに二人の女性が暴漢たちに襲われている最中だった。

一人は華やかなドレスを着た十代半ばくらいの少女で、もう一人はメイド服を着た二十代前半くらいの女性である。

近くに豪奢な装飾の馬車があるところを見る限り、恐らくはどこかの令嬢が移動中に襲われたのだろう。

一応護衛の兵士たちもついていたようだが、あの様子では全員殺されてしまったようだ。

「おら、大人しくしろや！」

「い、いや⁉　やめてください⁉　いやあああああああああああっ⁉」

女性を四人がかりで押さえつけ、リーダーらしき無精髭の男が正面から彼女の服を強引に引き裂いていく。

「ラティアあああああああああっ⁉」

少女の方も三人の男に押さえつけられており、女性に対して泣きながら手を伸ばし続けていた。

そんな彼女たちの様子を隠れて見やりながら、俺は呆れたように言った。

「やれやれ、どこの世界もクズはクズだな」

「いや、種付けうんぬん仰ってるあなたも似たようなものでしょうに……」

「ふむ。あなたは何か勘違いしているようだが、俺は別に無理矢理種付けするつもりはないぞ？

あくまで同意の上でのプレスだ。でなければ俺の悲願は叶わぬからな」

「悲願……。〝たくさんの優しい人たちに囲まれたい〟というやつですか？」

「ああ。俺は俺を慕ってくれる優しい人たちに囲まれて幸せに暮らしたいだけだ。ゆえに女性を無理矢理犯すような真似だけは絶対にせぬ。確かに種付けおじさんの多くはレイプ魔みたいなものだが、俺はやつらとは違う。言わば〝光の種付けおじさん〟よ」

「なんですかそのまったく信用できそうにない区分けは……」

至極胡乱（うろん）そうな顔をするぴのこだが、今は彼女と悠長に喋っている場合ではない。

「さて、お喋りは終わりだ。――《パネルマジック》」

カッと俺の魔眼が男たちのステータスを露わにする。

名前：ジャン
レベル：5
性別：男
年齢：28歳
種族：人間
職業：戦士（盗賊堕ち）
性歴：非童貞・純潔
プレス：可
種付け：不可

「ふむ、なるほど。やはりあの無精髭の男が一番レベルが高いようだな。しかし残念ながら種付けは不可らしい。ケツは純潔らしいがな」

「いや、そんなことまで分かるんですかそのスキル……。怖っ……。てか、〝パネルマジック〟って……」

「まあ〝真実を曝く〟という意味ではあながち間違ってはいまい。ちなみに自分のステータスを偽装できる上、女性だとスリーサイズとカップ数まで分かるぞ。あのメイドさんが〝E〟で少女は〝A〟だな」

「そうですか……。なんかもうドン引き以外の言葉が出てこないですね……」

「まあそう言ってくれるな。とにかく行くぞ。今は彼女たちを助けるのが先決だ」

「ええ、分かりました」

「よし」

その瞬間、俺は身体強化系スキル――《動けるデブ》を発動させ、大地を蹴る。

「おいおい、結構いい乳してるじゃねげごあっ⁉」

『――っ⁉』

そしてとりあえずリーダーらしき無精髭の男を全力で殴り飛ばしてやった。

なるほど、これが身体強化というやつか。

恐ろしく身体が軽い上、全身に力という力が漲(みなぎ)っている。

まさに《動けるデブ》の名に相応しい素晴らしいスキルだ。

「な、なんだてめえぶわっ⁉」

「がっ⁉」

「ぐげっ⁉」

次いで女性を押さえつけていた三人もまとめて《天牙》でぶっ飛ばし、女性をお姫さま抱っこして馬車の前まで飛ぶ。

「「――ぐわあっ⁉」」

さらに間髪を容れず少女の方の暴漢たちもぶっ飛ばした俺は、同様に彼女もお姫さま抱っこで馬車の前へと運んだ。

「ラティア！」

「お嬢さま！」

ぎゅっと涙ながらに抱き合う二人の様子を微笑ましく思いつつ、俺はぴのこに頼む。

「すまんが二人を馬車の中に避難させてやってくれ。そしてできればカーテンを閉めてもらえると助かる。ここから先は婦女子に見せるようなものではないのでな」

「分かりました。でもその、大丈夫ですか……？」

どこか悲痛そうな表情のぴのこに、俺はふっと笑みを浮かべて言った。

「ああ、問題はない。この世界で生きてゆくと決めた以上、避けられぬ道だからな」

「……分かりました。ではご武運を」

「ああ。感謝する」

そう礼を告げた後、ぴのこが二人を馬車の中へと連れていく。

それを確認した俺は《天牙》をドアの前の地面に突き立て、両手をべきばきと鳴らしながらこう告げたのだった。

「さあ、処刑の時間だ」

◇

ゲンジの言いつけ通りカーテンを閉めたぴのこに、〝ラティア〟と呼ばれていたメイドの女性が少女を抱いたまま言った。

「あの、あなたはあの方の使い魔か何かでしょうか……？」

「えっ？　あー、まあそんな感じです。〝ぴのこ〟と呼んでください」

「……承知しました、ぴのこさま。それでその、外の方はお一人で大丈夫なのですか……？」

「ええ、問題ありません。見た目こそちょっと頼りなさそうですけど、あの人はあれで結構強いですからね」

「そうですか……。ならよいのですが……」

やはり見た目の安心感が伴っていないのだろう。

女性は心配そうに少女の頭を撫で続けていた。

だが心中穏やかでないのはぴのこも同じだった。

何故なら外では今まさにゲンジが〝殺人〟に手を染めようとしているからだ。

ゆえにぴのこは〝大丈夫か〟と問うたのである。

一度も人を手にかけたことのないゲンジに〝人を殺すことができるのか？〟と。


『——ぎえええええええええええええええええええええっ!?』


もっとも、あの様子であれば大丈夫だろう。

多少尾を引くかもしれないが、先ほどから暴漢どもの断末魔が次々に聞こえてきているし、いずれは慣れると思う。

むしろこの二人のことを気遣う余裕すらあったくらいだ。

彼の精神力は思ったよりも強いのかもしれない。

(うん、今はあの人を信じよう)

そう頷きながら、ぴのこはカーテンの隙間から外の様子をそっと窺う。

そこで彼女が目にしたのは、

『――ぬああああああああああああああああああっ！』


『んぎいいいいいいいいいいいいいいいいいっ⁉』

――ドドドドドドドッ！

暴漢相手に激しいピストンプレスを決め込んでいるゲンジの姿だった。

「……」

あれ、思ってたのと違うなぁ……。

少しの間その光景を黄昏れたような眼差しで見据えた後、ぴのこはそっとカーテンを閉めたのだった。

◇

「……ふう、これで最後か」

どさり、と泡を吹いている暴漢をプレスから解放した俺は、周囲を見やってそう独りごちる。

するとタイミングよくぴのこがぱたぱたと飛んできて言った。

「いや、何してるんですかあなたは……」

「無論、処刑だが？」

「処刑って……。これどう見てもただの〝強姦〟ですよね？　え、本当に何してるんですか……？」

素でドン引きしている様子のぴのこを、俺は「まあ落ち着け」と宥めてから言う。

「確かに俺はこいつら全員にプレスをした。が、別段やつらの肉体に何かをしたわけではない。よく見てみろ。誰一人としてズボンを脱がしてはいないだろう？　穴も一切開けてはおらぬ」

「あ、本当だ……。え、じゃああの悲鳴と怒濤のピストン運動は一体なんだったんですか？」

「無論、やつらが脳内で俺の巨根にケツを裂かれた際の悲鳴と、それを植えつけるためのピストンプレスだ。言わば〝幻術〟よ」

「幻術……。まさかスキルを？」

「ああ。種付けおじさんたる俺の誇る幻術スキル――《ケツ裂き地獄催眠姦》だ」

「なんて聞くに堪えない名前……」

「まあ今の俺にはまだ人を殺める覚悟はないのでな。ならば永劫に続くケツ裂き地獄の中で、自らが犯される恐怖と苦痛におののきながら、モンスターどもにでも食い散らかされればよかろうと考えたわけだ」

「うわぁ……。意外とエグいことを考えますね……」

再度引いている様子のぴのこに、俺は馬車の扉付近からこちらの様子を窺っている二人を見やって言った。

「そうだな。確かに俺のやったことはエグいことなのだろう。だが彼女たちの受けた苦しみを思えば大したことでもあるまい」

「……まあ、そうですね」

「ああ。ちなみにレベルが上がってケツで天国を見られる幻術スキルも覚えたのだが、記念にお一つどうだ？」

「いや、いりませんよそんなもの⁉」

◇

ともあれ、メイド服の女性ことラティアさんとドレスの少女――ミモザお嬢さまに丁寧にお礼を告げられた俺は、彼女たちの屋敷があるという近くの町まで護衛を引き受けることになったのだが、その前に殺されてしまった兵士たちをどうしようかと悩んでいた。

後ほどお嬢さまの家の者たちが遺体を回収しに来るとは言うが、こんなところに放置しておくのも可哀想だからな。

できれば早めに遺族のもとへと帰してやりたかったがゆえ、どうにかならぬものかとぴのこに相談したのである。

「そういうことでしたら〝アイテムボックス〟を使用するのはどうでしょうか？」

「ほう？　使えるのか？」

「ええ。命あるものを収納することはできませんが、ご遺体であれば素材類と同じ扱いになりますからね。たぶん収納できるはずです。もちろんその時の状態で保存されますので、腐敗などが進む心配もありません」

「なるほど。承知した」

そう頷いた俺に、「あ、それと」とぴのこが人差し指（？）を立てて忠告する。

「一応私もアイテムボックスにアクセスできるということと、この世界のアイテムボックスはいわゆるレアアイテムなので、おじさまのそれとはまったくの別物だということだけ覚えておいてください。まあ転生者特権みたいなものですね。なので何か聞かれた際は適当に誤魔化していただけると助かります」

「ああ、了解だ」

再度頷き、俺は教えられた手順でアイテムボックスに亡骸を収納していく。

と言っても、意思を持って対象に触れるだけなのだが。

「よし、これで全員だな。屋敷に着き次第、転移させるゆえ安心してくれ」

「本当に何から何までありがとうございます、ゲンジさま。彼らはお嬢さまとも親交がありましたので、後ほど皆で丁重に弔って差し上げようと思います」

「ああ、そうしてくれると俺も嬉しく思う。彼らの尊い犠牲があったからこそ、あなたたちの命があると言っても過言ではないのだからな」

「はい、心得ております」

「うむ。では参ろうか。俺が馬を引いて歩くゆえ、あなたはお嬢さまの側にでもいてやってくれ。その方が彼女も安心するだろう。なんならぴのこを連れていっても構わん」

「承知いたしました。お心遣い本当に感謝いたします」

そうして俺たちが辿り着いたのは、〝ルーファ〟というそこそこのでかさを誇る街だった。

モンスターなどの侵入を防ぐためか、周囲をぐるりと高い外壁に囲まれており、入り口には全身を鎧兜（よろいかぶと）で固めた兵士たちの姿もあった。

ラティアさんが事情を説明してくれたおかげですんなりと中に入ることもでき、俺たちは目的の屋敷前へと到着したのだが、

「ふむ。でかいな」

「でかいですね」

そこに聳（そび）えていたのは宮殿かというくらいのでかさを誇るお屋敷だった。

というか、ほぼ宮殿である。

ラティアさんに「少しだけこちらでお待ちください」と言われたので、俺たちは玄関前で他のメイドさんたちに収納しておいた遺体を引き渡しながら時間を潰す。

「もしかしてお嬢さまはお嬢さまではなくお姫さまだったのか？」

「まあおじさまは初耳だと思いますけど、馬車の中で聞いたお話だとなんちゃら辺境伯のご令嬢

らしいですからね。辺境伯自体、そこそこ高い爵位のお貴族さまなので、〝お姫さま〟というのはあながち間違ってはいないと思います」

「なるほど」

ふむ、と改めて屋敷を見上げていると、ラティアさん（きちんと着替え済み）が戻ってきて言った。

「お待たせして申し訳ございません。旦那さまが是非お会いになられたいとのことですので、私のあとについてきてくださいませ」

「ああ、承知した」

頷き、俺たちは言われたとおり彼女のあとをついていく。

屋敷内も通常では考えられないほどの豪奢な装飾で彩られており、これで貴族のレベルなのかとぴのこともども目を見張っていた。

しかしこれだけ広いと掃除も大変だろうな、などと考えているうちに応接室に着いたらしい。

――こんこん。

「旦那さま、ゲンジさまとぴのこさまをお連れしました」

ラティアさんがドアをノックしてからそう告げると、中から低めの男性の声が返ってきた。


『――入れ』

「失礼します」

　そうして俺たちの前に姿を現したのは、俺よりも少し年上くらいであろうダンディなおじさまだった。

　お髭の素敵な気品に溢れる男性である。

「あらやだイケオジ……（ぽっ）」

「……（照）」

「いや、あなたじゃないですよ……。なんでこの流れで自分だと思うんですか……」

「待たせて済まなかったな。私はこのアーファス地方を治める辺境伯──ヒルベルト＝ガルームだ。娘と侍女を助けてくれたことを心より感謝する。本当にありがとう」

　すっと丁寧に頭を下げる領主殿に、俺は首を横に振って言った。

「いや、気にしないでくれ。助けることができたのは本当に偶然のようなものだからな。それより二人の心のケアをどうかよろしく頼みたい」

「ああ、もちろんだ。貴殿の心遣いに改めて感謝する。ところでその立ち振る舞いと実力を見るに、貴殿は騎士……のようには見えぬが冒険者か？」

「いや、その登録に向かう途中の身だ。なのでできればギルドの場所を教えてもらえるとありがたいのだが……」

「ふむ、そうか。では明朝案内させるゆえ、今宵は礼も兼ねて我が屋敷にてゆっくりと身体を休めるがよい」

「おお、それはありがたい。心遣い痛み入る」

　ぺこり、と頭を下げ、俺はぴのこととともに応接室をあとにしたのだった。

その夜のことだ。

ご馳走と美味い酒をたらふくいただいて大満足のままベッドに寝転がった俺は、向こうの世界よりもかなり大きめの満月を窓越しにぼーっと見やりながら言った。

「ときにぴのこよ」

「はい、なんでしょうか？」

「あなたにはまだ伝えていなかったのだが――俺は〝素人童貞〟なのだ」

「え、なんですかその世界一興味の湧かない情報は……」

引き気味に半眼を向けてくるぴのこに、俺はその真意を告げる。

「いや、よくあるだろう？　こういう場面で実はこっちの方が本当のお礼だったんです的な」

「あー……つまりあれですか？　このあとあのメイドさん辺りが夜這いに来ると？」

「ああ、俺はそう睨んでいる。そこで先ほどの話に戻るわけだ」

「……なるほど。プロではない素人の女性を相手に上手くできるか心配だと……」

「いや、逆に興奮しすぎて一物がパンツからはみ出している。ほら、こんな感じだ」

「どれどれとはなりませんよ⁉　年頃のレディに一体何を見せようとしてるんですか⁉」

いきり立って声を荒らげてくるぴのこだが、その時ふいに部屋の扉がノックされる。

『――ラティアです。もうおやすみになられてしまいましたか？』

「え、本当に来たんですか⁉　嘘ぉ⁉」

「ふ、やはりな」

がーんっ、とぴのこが素でショックを受ける中、身体を起こしながらラティアさんに言う。

「いや、まだ起きている。どうぞ入ってくれ」

『失礼します』

――がちゃり。

丁寧に一礼した後、ラティアさんはベッド脇まで近づいてきて言った。

「実はゲンジさまにお見せしたいものがございまして。これからお時間よろしいでしょうか？」

「ああ、もちろんだ」

頷き、俺たちはラティアさんのあとに続いて移動を開始する。

（一体どこに連れていく気なのでしょうか？）

（ふむ、これはもしかしたら〝あれ〟かもしれんな）

（〝あれ〟？）

（ああ。貴族というのは礼節や誇りを何よりも重んじるという。その貴族のお嬢さまが命を救われたのだ。ならばそれ相応の対価を以て応えねばならぬだろう）

（つ、つまりどういうことですか？）

ごくり、と固唾を呑み込むぴのこに、俺は至極真剣な面持ちでこう告げたのだった。

(――お嬢さまの純潔。それが今宵俺に与えられる対価だ)

(な、なんですってー⁉)

◇

そうして俺たちが案内されたのは、屋敷の離れにある礼拝堂のような場所だった。

「来てくださったのですね。お待ちしておりました」

俺の予想通り、そこにはミモザお嬢さまの姿があり、両手でスカートを摘まみ上げながら優雅にお辞儀をする。

どうやら天窓から光が入る造りになっているようで、月明かりに照らされたお嬢さまはまさに妖精のような雰囲気に包まれていた。

「なるほど。初めては神の御前でというわけか。これはもうママ確定だな」

「はわわわわ……っ⁉」

ぴのこが青い顔でぷるぷるする中、俺は種付けオーラを全開にしてお嬢さまのもとへと赴く。

「……むっ？」

だがそこでふと俺の目に留まったのは、彼女の後ろで雄々しき咆吼を上げている金色の像だった。

「それは狼か？」

「はい。これは我がガルーム家に代々伝わるものでして、《送り狼の鎧》と呼ばれています」

「ほう、よい名だな」

「え、よい名ですか……？」

胡乱な目を向けてくるぴのこだが、まあそう言いたくなる気持ちも分からなくはない。

〝送り狼〟とはその名のとおり女性を家に送り届ける際、隙につけ込んで美味しくいただく的なやつのことだからな。

俺の中ではプレイボーイ的な感じに思っているのだが、親切を装ったレイプ魔のことをそう呼んだりもするので、ぴのこ的にはそっちの方だと思っているのだろう。

「実はこの鎧には一つの伝承が残されておりまして」

「伝承？」

「はい。──〝その者宿すは神の雛鳥、これ黒き剛直を持ちて月満つる夜、金色に輝かん〟」

「ほう」

「いや、その顔は絶対分かってないやつですよね？」

再び半眼を向けてくるぴのこにふっと口元を緩めつつ、俺は言った。

「要はそいつが俺の鎧やもしれぬということだろう？　それだけ分かれば十分よ」

「つまり他はよく分かんなかったんですね……」

がっくりとぴのこが肩を落とす中、俺は背の《天牙》を抜き、その切っ先を眼前の狼の像に突きつけて言った。

「よかろう！　ならばお前の力、この俺がもらってやる！　――そう、俺がお前の〝送り狼〟だ！」

「いや、それはなんか違うような……って、えっ？」


「――ウオオオオオオオオオオオオオオオオオオオオオオンッ！」


その瞬間、突如狼の像が雄叫びを上げ、バキンッと身体をいくつもの部位に分かれさせながら真っ直ぐ俺のもとへと飛んできた。

そしてまるでアニメの鎧装着シーンの如く俺の脛、腿、腰と下から順に鎧が装着され、最後に顔を狼面が覆い、ばさっとマントが現れる。

まさに黄金騎士――今ここに史上最強の種付けおじさんが誕生したのである。

が。

「いや、だっさ⁉　なんか凄いかっこいい感出してますけど、ぱっと見ただの金ピカデブ犬人間ですよおじさま⁉」

「ただの金ピカデブ犬人間……」

もう少し別の言い方があるのではなかろうかと思う俺なのであった。

【三話】　念願の初プレス

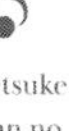

Tanetsuke Ojisan no isekai press Manyuki

　そうして《天牙》と同じく神器級の鎧を手に入れた俺は、翌朝フレッシュな朝食をいただいた後、ガルーム家をあとにした。

　ラティアさんとお嬢さまにプレスできなかったのは残念だが、まあよくよく考えてみれば彼女たちはあんなことがあった直後だからな。

　まだ心の傷も癒えてはいないだろうし、ここはクールに去るのが種付けおじさんの務めというものだろう。

「……幸せにな、婦女子たちよ」

「いや、〝……幸せにな、婦女子たちよ〟じゃないですよ……。昨日その婦女子たち相手にパンツからなんかはみ出してたのは一体どこの誰ですか……」

「まあそう言ってくれるな。どちらも魅力的な女性だったのだ。むしろはみ出さぬ方が失礼というものよ」

「いや、どう考えてもはみ出してた方が失礼ですよ……」

　呆れたようにそう半眼を向けた後、彼女は「ところで」と俺の胸元を指差して言った。

「さっきからずっと気になってたんですけど、なんで兜というか狼の顔がそこについてるんですか？」

「ふ、決まっているだろう？　――〝かっこいい〟からだ」

「えぇ……」

「なんだその反応は。ロボアニメの主人公機みたいでかっこいいだろう？　いわゆる〝胸ライオン〟というやつだぞ」

「いや、でもなんかおじさまのデブり具合に合わせて〝帰宅を拒否する柴犬〟と言いますか、ものっそい顔伸びちゃってますけど……」

ほら、とぴのこが指差した先の窓ガラスに映っていたのは、確かにちょっと太ましくなった狼の顔だった。

なんというか、色味も相まって柴犬感マシマシである。

「なるほど。女性ウケもバッチリというわけか」

「なんですかその無駄なポジティブシンキングは……」

◇

ともあれ、柴犬になってしまったものは仕方あるまい。

今さら返すわけにもいかぬゆえ、俺は柴犬スタイルのままギルドを訪れることにした。

「ほう、これが本場のギルドか。いかにもファンタジーという感じで実によいではないか」

モダンな造りのギルド内をぐるりと見やりつつ、俺はなんとも言えぬ気持ちの高ぶりを覚える。

――ざわざわ。

だがそんな俺に向けられたのは周囲からの奇異の目だった。

まあこんな金ピカの鎧を着ているやつなどそうはいないからな。

嫌でも目につくのだろう。

「ふ、さすがにこれだけ注目されていると、ふいにぼろんっと出してやりたくなるな」

「やめてください、おぞましい……」

そう半眼を向けられながらも、俺は先ほどから気になっていた受付嬢のもとへと向かう。

「あら、こんにちは。こちらのギルドは初めてかしら？　可愛らしい鎧のおじさま」

見た目二十代半ばくらいの妖艶な雰囲気を漂わせる金髪美女だ。

スタイルも豊満そのもので、おっぱいなどはそのディアンドルのような服装からこぼれ落ちそうになっていた。

「ああ、そうだ。俺の名はゲンジ。そして彼女はお供のぴのこだ。受付はここで間違いないだろうか？」

「ええ、そうよ。私はシンディ。よろしくね、二人とも。早速だけどクエストの受注かしら？　なら〝プレート〟を提示してちょうだい」

「……プレート？」

そこでぴのこが耳打ちしてくる。

（冒険者に与えられるランクの証明書のようなものです。要は身分証ですね）

（なるほど）

「あら？　もしかしてクエスト依頼の方だったかしら？　ならそちらの用意をするけれど？」

「いや、その前にまずは冒険者登録を頼みたい」

「え、登録……？」

と、その時だ。


『——ギャハハハハハハハハハハハハハハハハハッ！』


「「！」」

ふいにギルド内が大爆笑に包まれ、俺たちは何ごとかと周囲を見やる。

何がそんなにおかしかったのか、その場にいた冒険者たち全員が腹を抱えて笑っていた。

そして彼らは揃って小馬鹿にしたようにこう言ってきた。

「いや、その歳で冒険者登録って……クスクス」

「しかもそんな身体で冒険者をやるとか……ブフッ」

「おい、冗談は顔だけにしとけよな、おっさん！　いや、あんたの場合は身体もひでえけどよ！

うひゃひゃひゃひゃひゃっ！」

「つーか、なんだよあの装備！　目立ちたがりにもほどがあんだろ！」

「その前に場所間違ってんじゃねえのかー？　豚小屋はここじゃねえぞー？」

『ギャハハハハハハハハハハハハハハハハッ！』

「「……」」

なるほど。

俺の風体を見て、この場には相応しくないと判断したというわけか。

まあ当然の反応だろう。

「こら、そんなに笑ったら可哀想でしょう？　別に年齢制限なんてないんだからいいじゃない。……ごめんなさいね。大体冒険者になる人って十代半ばくらいまでには登録を済ませるのがほとんどだから……」

「いや、別にあなたが謝るようなことではない。それより登録を頼んでも構わぬか？」

「ええ、もちろんよ。じゃあこのプレートに手をかざしてもらえるかしら？」

「ああ」

言われたとおり手のひらサイズの金属板に手をかざすと、今まで鉄っぽい色だった金属板が緑色へと変化し、何やら文字のようなものが浮かび上がった。

「これで登録は完了よ。一応説明しておくけれど、このプレートはあなたの〝ランク〟を表しているわ。ランクは全部で六段階あって、緑がFで赤がE、青がDで紫がC、銅がBで銀がA、そして金がSランクよ。個人では一ランク上のクエストまでしか受けることはできないけれど、パーティーを組んでいれば、さらに上のランクのクエストも受けることができるわ。昇級は実績に応じてといった感じかしら？」

「なるほど、よく分かった。丁寧な説明感謝する」

「いえいえ。じゃあ早速何かクエストを受けていくかしら？」

と。

「やめとけやめとけ！　そんなクソデブのおっさんにできるクエストなんざ、草むしりぐらいしかありゃしねえよ！」

「もしくは犬の散歩とかな！　ギャハハハハッ！」

相変わらず外野から野次が飛んでくるが、俺は気にせず言った。

「いや、それよりもあなたに一つ聞きたいことがあってな」

「あら、何かしら？」

「うむ。突然だが俺はあなたを大層気に入った。なので俺の子を産む気はないか？」

「えっ？」

その瞬間、ギルド内が再度大爆笑に包まれる。

『ギャハハハハハハハハハハハハハハハハハハッ！』

よほど俺の言ったことがおかしかったらしい。

冒険者たちの大爆笑は留まることを知らず、ついには床を転がる者まで現れる始末だった。

そしてそれはシンディさんも同じで、爆笑とまではいかずとも、ふふっと手で口元を隠しながら笑っていた。

そんな中、冒険者の一人がよじれていた腹を必死に押さえながら言った。

「い、今から冒険者を始めようなんて中年の太ったおっさんが、よりにもよってシンディ狙いとはなぁ……っ。――おい、言ってやれよ、シンディ！　弱い男はお呼びじゃねえってな！」

『ギャハハハハハハハハッ！』

「ちょっと失礼なことを言わないでもらえるかしら？　私は強い男が好きなだけであって、別に弱い男を邪険にしているわけではないのよ？」

「よく言うぜ！　大体、おめえの言う〝強い男〟ってやつの理想が高すぎんだよ！　どこの世界に〝黒竜〟を単身狩りできる冒険者がいるってんだ！　聖都の勇者さまですら金札たんまり連れて狩り損ねたんだぞ！」

「ええ、ええ、分かっていますとも。だから今は〝赤竜〟まで理想を下げたわ」

そう肩を竦めるシンディさんに、冒険者たちから挙って突っ込みが飛ぶ。

「いや、全然下がってねえじゃねえか！」

「そうだそうだ！　赤竜だって金札五人がかりでやっとなんだぞ！」

「この乳でか強欲女！」

「いい歳なんだから〝緑竜〟くらいで我慢しとけよな！」

「うるさいわね⁉　歳は関係ないでしょ⁉　とにかく私はそのくらい強い男じゃないと抱かれたくないの！　安売りは絶対しないんだから！」

ぷいっと可愛らしく頬を膨らませるシンディさんに、俺は尋ねた。

「ふむ。その〝黒竜〟というのはそんなに強いのか？」

「ええ、もちろんよ。さっきそこの彼が〝金札をたんまり連れた勇者さまですら狩り損ねた〟と言っていたでしょう？　〝金札〟というのはSランク冒険者のことでね。この大陸でも数えるほどしかいないの。その彼らが聖剣を持った勇者さまとともに挑んでも倒せなかったほどよ。竜の生態については知ってる？」

「いや。できれば教えてもらえると助かる」

「分かったわ。〝竜〟というのはね、いわゆる〝ドラゴン〟のことなのだけれど、彼らは種族を問わず皆緑色の身体で生まれてくるの。それが成長するにつれて次第に赤色に染まっていく。要は〝成熟の証〟みたいなものね。これが一般的な竜の生態よ」

「つまり基本的には赤竜止まりだと？」

「ええ、そうよ。でも希にそこからさらに黒色に変異する竜がいる。それが〝黒竜〟と呼ばれる現在確認されている中で最強の竜よ。ちなみにさっきの話で出てきた狩り損ねの雄黒竜――通称〝隻眼（せきがん）の黒竜〟が北の山を根城にしているという噂もあるから絶対に近づかないようにね」

「なるほど。それであなたはその黒竜を一人で倒すくらいの男が理想だと」

「そうね。せっかく女として生まれたんだもの。ならこの世で最も強い男に抱かれたいと思うのは当然でしょう？　まあ期待していた勇者さまも女性だったみたいだし、それも叶わなくなっちゃったんだけれどね」

残念そうに肩を竦めるシンディさんに、冒険者たちから再度声が飛ぶ。

「だから俺で我慢しとけって！　そもそも竜殺しどころか金札だってこの街には一人もいやしねえだろ？」

「お、銀札でもいいなら俺も立候補するぞ！　実は〝英雄殺し〟に狙われねえようあえて銀札でいたんだからよ！」

「俺も俺も！　実力は隠すもんだからな！」

「はいはい。ならせめてその金札狩りの英雄殺しさんを倒してから言ってちょうだいな。そしたら考えてあげないこともないわ。……まあそういうわけだからごめんなさいね。でも気に入ってくれてありがとう。嬉しかったわ」

「ギャハハハハッ！　見事にフラれちまったな、おっさん！　なんなら他の女でも紹介してやろうか？　まあてめえみてえな豚野郎を相手にしてくれる女がいればの話だけどよ！」

『ウヒャヒャヒャヒャヒャッ！』

「むぅ～……っ。ちょっとおじさま⁉」

「構わん。言わせておけ」

苛立っている様子のぴのこにそう告げた後、俺はシンディさんに言った。

「感謝する。おかげで色々と知ることができた。礼も兼ねて今度は何か〝土産〟でも持ってくるとしよう」

「いえいえ、こちらこそ騒がしくてごめんなさいね。また会えるのを楽しみにしているわ」

「ああ。では失礼する」

ぺこり、と一礼して踵（きびす）を返した俺を、冒険者たちは相変わらず嘲（あざ）笑い続けていたのだった。

「もう！　なんなんですかあの人たちは⁉　思わず必殺の〝女神改八式二型（めがみかいはちしきにがた）〟が炸裂するところでしたよ！」
道すがら、ぴのこがぷりぷりと憤りを露わにする。
〝女神改八式二型〟とはなんぞやと思いつつ、俺は彼女に言った。

「まあ落ち着け。ああいう手合いは調子に乗るだけ乗らせておいた方がよいのだ。その方がより一層悔しがらせることができるからな」

「悔しがらせることができるって……何か策でもあるんですか？」

「ああ」

頷き、俺は外壁のさらに向こう側を見やって言った。

「確か〝北の山〟だったな。勇者ですら倒せなかったという最強の黒竜がいるのは」

「ま、まさか例の〝隻眼の黒竜〟を倒しに行くつもりですか⁉　しかもお一人で⁉」

「無論だ。そうすればあのエロい受付嬢さんが手に入る上、先ほど俺を小馬鹿にしたやつら全員の鼻も明かすことができる。まさに一石二鳥だ」

「い、いやいやいやいやいやいや⁉　無理ですよ⁉　いくら《天牙》とその鎧があったとしても、相手は本当にこの世界でも最強クラスのモンスターなんですよ⁉　今のあなたじゃ絶対に勝てるわけないじゃないですか⁉」

「いや、勝てる。俺にはそれを可能とする〝秘策〟があるからな」

「秘策……？」

「そうだ。よく見ておけ、ぴのこ。我がスキル――《ドラゴンカーセックス》の真髄を」

「……はっ？」

◇

そうして《動けるデブ》を駆使し、丸一日かけて北の山まで赴いた俺たちは、岩陰に隠れながら慎重に山道を進み、ついにやつの姿を視界に捉える。

「――グギャアアアアアアアアアアアアアアアアアアアアアッッ‼」


そう、〝隻眼の黒竜〟である。

全長は二十メートルくらいと言ったところだろうか。

遠目で見てもかなり大型の飛竜だ。

今はお食事中らしく、何やらイノシシ系のでかいモンスターをその強靱な大顎で一心不乱に貪っているのだが、確かに〝隻眼〟の異名通り右眼が何か斬撃のようなもので潰されているようだった。

「ひ、ひえぇ～……。あ、あんなの絶対無理ですよぉ～……」

ぷるぷると青い顔のぴのこに俺も同意する。

「そうだな。真正面から行けば確実に殺されるだろう。その上、今のやつは手負いの獣だ。なお一層手がつけられん。ゆえに〝罠〟を張るまでは隠密行動をするしかあるまい」

「そうですね……。てか、怖っ……」

と。

――ぴろりん♪

《新しいスキルを習得しました》

「ぬっ？」「えっ？」

突如スキル習得のアナウンスが流れ、どういうことかとステータス画面を開く。

ちなみにこのアナウンスはスキルを習得した本人にしか聞こえないそうなのだが、やはり女神であるぴのこには聞こえているらしい。

ともあれ、スキル欄にはこんなスキルが追加されていた。

《ストーカー》：《気配遮断A》相当の気配遮断ができる。

「ふむ。これはわざわざストーカー呼ばわりする必要があるのか？」

「まあ〝種付けおじさん〟ですからね……。気配を遮断してすることなんてストーキングくらいしかないだろってことなんじゃないかと……」

「酷い偏見だな。が、確かに一理ある」

「いや、一理あっちゃダメでしょ……」

はあ……、と嘆息した後、ぴのこは心底不安そうに言った。

「それより本当に戦うんですか……？　その、《ドラゴンカーセックス》だかで……」

「ああ、当然だ。あなただってやつらを見返したいだろう？」

「それはまあそうですけど……」

「案ずるな。確かに少しでもタイミングをミスれば確実に命を落とすだろう。だが俺には勝利の女神と同じ名の女神がこうしてついている。ならば負けることなど絶対にあり得ぬよ。そうだろう？　我が麗しの女神ニケよ」

「おじさま……」

――トゥンク。

「って〝トゥンク〟じゃないんですよおおおおおおおおおっ!?　なんで一瞬でもときめいちゃってるんですか私はあああああああああああっ!?」

「ふ、シャワーは先に浴びてもいいぞ」

「いや、うっさいですよ!?」

◇

というわけで、俺たちは改めて山中を探索し、罠を張るのに最適な場所を見つける。

そこは切り立った崖の上に森が広がる渓谷のような水場だった。

件のでかいイノシシ型モンスター――〝ギガントボア〟も度々水を飲みに来ているようなので、〝隻眼〟の狩り場の一つになっているのではないかと考えたのだ。

「では行くぞ。――《ドラゴンカーセックス》」

俺がスキルを発動させると、ほのかな輝きの中、真っ赤な大型のクロスカントリー車が水辺に姿を現す。

だがただの車ではない。

バックドア中央が不自然にくり貫かれた、お世辞にもいい匂いとは言いがたい臭気漂う車である。

当然、ぴのこが鼻を摘まみながら言った。

「いや、臭っ⁉　なんなんですかこの酷い臭いは⁉」

「恐らくは雄ドラゴンの好むフェロモンのようなものだろう。そんなものをぷんぷんに放つ真っ赤な車体だ。となれば、やつはこれをなんだと思う？」

「え、まさか〝赤竜の雌〟ですか⁉」

「そうだ。ゆえにやつは情欲に身を任せて激しい交尾を行うことだろう。それこそが《ドラゴンカーセックス》の真髄。たとえ手負いの獣であろうとも……いや、手負いだからこそ本能的に子孫を残さずにはいられぬというわけだ」

「……なるほど。理屈は分かりたくないけど分かりました。ですがこれでは足止めはできても倒すことはできないのでは……？」

「ああ。だからこそ、この〝場所〟を選んだのだ」

「えっ？」

◇

そうしてその時は訪れた。

数刻も待たずして〝隻眼〟が姿を現したのである。

「――グギャアアアアアアアアアアアアアアアアアアアアアアッ‼」

さすがは種付けおじさんのスキルと言うべきか。

よほどあの車体が気に入ったのだろう。

大地が震えるほどの雄叫びを上げながら、〝隻眼〟は一心不乱に疑似性交を行い続けていた。

そんな中、俺は崖の上からやつを見下ろしつつ、《天牙》の柄をぎゅっと握る。

すると左肩に乗っていたぴのこがごくりと固唾を呑み込んで言った。

「……本当にやるんですね？」

「ああ。やつを倒すにはこれしかないからな。種付けおじさんたる俺の持つ最強の即死スキル。発動条件が限定的かつタイミングも一瞬ゆえ、通常戦闘には向かぬが、今のやつであれば必ず殺せるはずだ」

「……分かりました。でしたら私も覚悟を決めておじさまと一緒に行きます」

「ふ、よかろう。ならばとくと見るがいい！　おじさまのかっこいい姿をな！」

がしょんっ！　と胸の狼面が顔に装着され、フルアーマー状態になる。

「グギャアアアアアアアアアアアアアアアアアアアアッッ!!」

そして〝隻眼〟の挙動が一層の激しさを増す中、俺たちは大地を蹴り、やつの直上へと飛んだ。

「〝テクノ――――」

その瞬間、《天牙》が目映い輝きを放ち、俺は両手で柄を握ると同時に全力でこれを振り下ろしたのだった。

「――――ブレイク〟ッッ!!」

数日ぶりに訪れたギルドは相変わらず活気に溢れていた。

ある者はクエストの受注を、またある者は達成したクエストの報告と依頼品の納入などを行い、代わりに報酬を得る。

以前来た時となんら変わらぬ光景が広がる中、俺たちに向けられる視線もまた同様のものであった。

『クスクス……』

いや、多少変わっただろうか。

まあこのギルドのマドンナ的存在である女性を口説いてフラれたのだ。

身の程知らずもいいところだと嘲笑（ちょうしょう）にも拍車がかかっているように見えた。

「……あら？　こんにちは、ゲンジさん。それにぴのこちゃんも」

そんな中、件のマドンナことシンディさんが相変わらず色っぽく挨拶をしてくれる。

そして彼女は申し訳なさそうにこう続けた。

「この前はごめんなさいね。あれから姿を見せてくれなかったから、もしかしたら冒険者をやめてしまったんじゃないかって心配していたの」

「それは失礼した。いや、先日あなたに礼代わりの〝土産〟を持ってくると約束したのでな。ちょっとそいつを手に入れに行っていたのだ」

「あら、別に気にしなくてもよかったのに……。でも、ありがとう。嬉しいわ」

ふふっと可愛らしく微笑むシンディさんだが、そこでまたもや冒険者たちから横槍が入る。

「お、なんだ？　今度はプレゼント作戦か？　いい加減現実を見ろよ、おっさん」

「てめえのくだらねえ土産如きでシンディが落とせるわけねえだろ？」

「はは、同感だぜ。豚野郎は大人しくオークの雌でも相手にしてろってな」

『ギャハハハハハハハッ！』

「ちょっとあなたたち！」

と、そこで俺はシンディさんを手で制して言った。

「構わんさ。それよりあなたに渡したいものがあるのだが、見てもらってもいいだろうか？」

「え、ええ、それはもちろん構わないけれど……」

「よし、ではちょっと失礼する」

そう頷いた後、俺は虚空に開けた空間に右腕を突っ込み、そして〝それ〟を勢いよく引っ張り出した。

――ずずんっ！

その場にいた全員が唖然として固まる中、俺は〝それ〟を親指で差しながらシンディさんに言った。

「こいつだろう？　あなたの言っていた〝隻眼の黒竜〟とやらは。もちろん胴体の方もあるが……ここではさすがに出せんな」

『――なっ⁉』

「あ、あなたまさかこれを一人で……っ⁉」

「ああ。あなたが黒竜を……いや、今は赤竜か。単騎討伐できる男でなければ抱かれたくないと言うのでな。ならば倒してくるかと北の山までちょっくら行ってきたというわけだ」

「ちょ、ちょっくら行ってきたって……。で、でもあなたは先日冒険者登録を済ませたばかりじゃ……」

「ああ。確かに俺は今まで一度も冒険者登録をしたことがない。ゆえに今も緑プレートのFランク冒険者だ。もっとも、黒竜程度であれば一撃で倒せる世界最強のFランク冒険者だがな」

ふっと不敵に笑った後、俺は再び〝隻眼〟の首を親指で差して言った。

「というわけで、こいつがあなたへの土産だ、シンディさん。もちろん胴体も含めて全てあなたにプレゼントしよう。この世に二つとない一点物だ。その上であなたに今一度尋ねたい。――俺の子を産んではくれないか？」

「……はい。喜んで……♡」

こくり、と熱っぽい視線で頷いてくれるシンディさんに、パンツの中の我が子も満足そうであった。

が。

「ちょ、ちょっと待ちやがれ⁉　こ、こんなのインチキだ！」

「そ、そうだそうだ！　ど、どうせ緑竜か何かの頭なんだろ⁉」

「姑息な手ぇ使いやがって！　てめえみてえな豚が黒竜なんて倒せるわけねえだろうが！」

納得のいかないらしい冒険者たちが口々にイカサマだと非難してくる。

ゆえに俺は彼らに向けて言った。

「ふむ。ならばまとめてかかってくるがよい。少しだけ相手をしてやろう」

「くっ、舐めやがって！」

「調子に乗ってんじゃねえぞ、豚野郎！」

「くたばれや！」

だんっ！　と柄の悪そうな冒険者が三人ほど武器を手に襲いかかってくる。


「――《時間停止》」

その瞬間、俺はレベルが爆上がりしたことで覚えた新たなスキルを発動させた。

数秒ではあるが犬以外の時を完全に止めることのできる範囲結界スキルである。

何故犬だけ止めることができないのかは世の不思議だ。

「ふん！」

ともあれ、さらに捕縛系スキル――《亀甲縛り》を使い、三人を締め上げる。

「「「――ぐわあっ⁉」」」

するとタイミングよく《時間停止》が解けたらしく、冒険者たちが揃って床に倒れ込んだ。

「い、一体何が……」

「くっ、動けねえ……っ」

「な、なんなんだよこいつは⁉　――ひっ⁉」

そんな彼らの眼前に《天牙》の切っ先を突きつけ、俺は言った。

「まだ続けるか？　続けるなら血を見ることになるぞ？（切れ痔的な意味合いで）」

「「「～～っ⁉」」」

さあっと顔から血の気を引かせ、冒険者たちが一様に大人しくなる。

それを確認した俺は「よい判断だ」と《天牙》を背に収めたのだった。

ちなみにぴのこはずっと優越感に浸りまくっていたようで、うぷぷぷーと笑いが堪えられずにいるようであった。

まあ楽しそうで何よりである。

◇

その後、騒ぎを聞きつけた壮年のギルドマスター殿に別室へと案内された俺は、彼から特例でSランクへの昇格を提案されたのだが、

(いや、絶対今のままの方がいいですって！　イキり散らしてるあんちくしょうどもをざまぁさせるのが最高なんですから！)

(ふむ。あなたも大分染まってきたな)

というような感じでそれは丁重にお断りさせてもらった。

ただその代わりに結構な額の報奨金をもらったので、今後の旅にでも有効活用させてもらおうと思う。

というわけで、早速この町で一番豪華な宿の部屋をとった俺は、仕事上がりのシンディさんとディナーを愉しんだ後、ついに念願のプレスタイムへと突入した。

燭台の灯りだけが室内を優しく照らす中、彼女の要望で先に湯浴みを済ませた俺は、まるで初体験を迎える少年の如き胸の高鳴りを覚えながらベッドでシンディさんを待つ。

この世界に来て初めてかつ、脱素人童貞の瞬間なのだ。

それも相手があのグラマラス美女のシンディさんともなれば、期待せぬ者などいないだろうと。

「――ふふ、お待たせ、ゲンジさん♪」

湯浴みを終えたらしいシンディさんがバスタオル姿でこちらへと近づいてくる。

しっとりと濡れた髪や、微妙に赤みを帯びた肌が一層彼女の色香を引き立たせる中、俺の鼓動もまた一段と速くなっていく。

だがそれで終わりではなかった。

「ふふ♪」

「ぬっ⁉」

彼女は突如はらりとバスタオルを脱ぎ捨て、その豊満な肢体を惜しげなく俺の前に晒したではないか。


――どぱんっ！


「きゃっ⁉」

となれば当然、我が息子も臨戦態勢に入るというもの。

そのあまりに凄まじい勃起力が掛け布団を吹き飛ばし、黒竜と化した我が子もまた彼女の前に晒される。

「やだ、凄く大きい……」

驚きつつもどこか恍惚の表情でそれを見つめるシンディさんに、俺は「当然だ」と頷いて言った。

「何故ならあなたの魅力がそうさせているのだからな。よく見るがいい、この猛々しい剛直を。あなたの魅力にあてられ、今にもはち切れそうになっているぞ」

「凄い……。これが私のせいで……」

ごくり、と生唾を呑み込んだ後、シンディさんがゆっくりとベッドに入ってくる。

「んっ……」

唇を重ねたのはどちらが先だっただろうか。

そんなことを考える間もなく、俺はその豊満な果実へと手を伸ばし、これを存分に堪能する。

「あっ……」

柔らかさに富んだよい乳房だった。

大きめの乳輪や乳頭も実に俺好みである。

まるで童心にでも返ったかのように両の乳を貪りつつ、尻を撫でながら彼女の下腹部へと手を伸ばす。

「や、だめ……あっ♡」

そこはすでに豊潤な蜜で溢れており、何をせずとも受け入れる準備ができているようだった。

「ま、待って……あっ、そんなところ舐めちゃ……んんっ♡」

だがそこで愛撫をやめぬのが俺である。

これが風俗ならば己の快楽を優先し、早々に挿入してしまうものだろうが、今は愛する女性とのコミュニケーション中なのだ。

ならば全霊を賭して愛撫するのが男の務めというもの。

「あ、や、だめっ……ああっ♡　ん、そこ気持ちいい……あっ♡　ん、あっイク……あ、あああああああああああああああああああああああっ♡♡」

ゆえに俺は今まで培った全ての技術を駆使し、彼女が果てるまで愛撫し続けたのである。

「はあ、はあ……。こ、こんなの凄すぎよ……」

「ふ、満足するのはまだ早いぞ。文字通り本番はこれからなのだからな」

「ええ、来て……。あなたのその逞しいので私をめちゃくちゃにしてちょうだい……」

そう言ってシンディさんが俺を受け入れるべく、自らの秘部を指で開く。

「うむ、よかろう」

俺も頷きながら彼女に覆い被さったのだが、直前であることを思い出し、それを彼女に問う。

「ところで一つ確認なのだが、あなたは生娘か？」

「いえ、違うわ。……がっかりさせちゃったかしら？」

「まさか。ならば無理をさせずに済むと安堵していたところだ」

「……そう。ならよかったわ。でもおかしな話よね……。最強の男以外、抱かれたくないと豪語しておきながら生娘じゃないなんて……」

ふっと自嘲の笑みを浮かべるシンディさんに、俺は首を横に振って言った。

「いや、そんなことはない。人間生きていれば好きな者の一人や二人くらいできるのが自然だ。それは別段卑下するようなことではなかろう」

「そうね……。ありがとう、ゲンジさん……」

「別に構わぬ。だがそうだな、よければその胸の内に抱えているものを話してはくれまいか？　さすればこのゲンジ、必ずやあなたの力となろう」

「……いいの？　そんなに苦しそうなのに……」

ちらり、とシンディさんが申し訳なさげに剛直を見やる。

「案ずることはない。こいつは〝待て〟のできるいい子だからな。それに少しばかり焦らしてやった方がそのあとに得られる喜びも大きいというものだ――お互いにな」

「ふふ、そうね。じゃあ少しだけ聞いてもらえるかしら？」

「ああ、もちろんだ。この俺が全て受け止めよう」

そう微笑みながら頷くと、シンディさんはぽつりと語り始めてくれる。

「……私ね、ここから少し離れた田舎の村で生まれたの。当時は今ほどあか抜けてなくて、本当に純粋な田舎娘という感じだったわ。村には同い年くらいの男の子も何人かいて、私はいつの間にかそのうちの一人に恋心を抱くようになったの」

「なるほど。幼馴染みというわけだな」

「ええ、そうよ。どうやら向こうも同じ気持ちだったみたいで、私たちは晴れて恋人同士になったわ。その時の私は凄く幸せで、彼に純潔を捧げることになんの疑問も抱かなかった。まあお互い初めてだったから上手くはできなかったんだけれどね」

「ふ、よくあることだ。俺も初めて風俗……娼館に行った時は待っている間に暴発して終わったものだ」

「ふふ、やっぱり初めてってそういうものなのかしらね？　私の時もちょっと挿れただけで終わってしまったから、なんだか凄く気まずそうにしていた覚えがあるのだけれど……」

そう懐かしそうに語った後、シンディさんの表情が少々暗くなる。

「……そんな感じで初体験を終わらせた数日後のことよ。森の中で不運にも私たちは〝緑竜〟に襲われたの。手負いだった緑竜は私たちの姿を見るや、一心不乱に襲いかかってきたわ。当然、私は彼と逃げようとしたのだけれど……そんな私を彼は押したの。まるで囮にでもするかのようにね」

「……そうか。それは辛かったな」

「ええ……。あの時の絶望は今でも忘れないわ……。あれだけ愛を囁いてくれた彼が一度も振り返ることなく私を置き去りにしたのだから……」

「……」

「と、まあそんな感じでたまたま近くにいた冒険者たちに助けられた私は、弱い男なんてうんざりだとばかりに村を飛び出して、最強の男を探していたってわけ。ごめんなさいね、なんだか嫌な話を聞かせてしまったわ」

ふふっとどこか寂しそうな笑みを浮かべた後、「だからね」とシンディさんは俺を見やって言った。

「私、あなたが〝隻眼〟の首を取り出した時、〝ああ、この人が私の王子さまなんだ〟って心からそう思ったの。この人なら絶対に私を守ってくれるって。だから、だからね、ゲンジさん。あなたに一つだけお願いがあるの。どうか私を、見捨てないでちょうだい……」

その懇願するような眼差しに、俺はふっと微笑んで言った。

「案ずるな。元よりそのような選択肢など俺には存在せぬ。無論、言葉だけでは信じられぬと思うが、俺はあなたを手に入れるためだけに、この世で最強クラスの魔物に単身戦いを挑むような阿呆だからな。愛の深さは折り紙つきだ」

「ゲンジさん……」

「ああ。だからむしろお願いをするのはこちらの方だ、シンディさん。子沢山ハーレムを作ろうとしている俺に言う資格があるのかは分からぬが、どうか俺を見捨てないでもらえるだろうか？　さすればこのゲンジ、あなたへの愛に殉じよう」

「……ええ、ええ、もちろんよ。愛してるわ、ゲンジさん……んっ、ちゅっ……」

涙ながらにそう頷いてくれるシンディさんと熱い口づけを交わしていると、

「……やだ、なんか凄い濡れちゃってる……」

ふいに彼女が恥ずかしそうに視線を逸らした。

「ふ、どうやら身体の方が待ちきれなくなってしまったようだな。――よかろう。ならば今一度その魅惑の愛蜜を堪能させてもらおうぞ」

「や、だめ、ゲンジさんそんな……ああっ♡」

再びシンディさんの下腹部に顔を埋め、止め処なく溢れてくる愛蜜を存分に味わい尽くす。

「はあんっ♡　や、そこだめぇ……あっ♡　ん、ああっ♡　い、いいっ♡　も、もっと舐めてぇ……あんっ♡　私のあそこ、もっとぐちゃぐちゃにしてぇ……あ、はぁんっ♡」

先ほどよりも彼女の気持ちが高ぶっているせいか、シンディさんが自ら俺の頭を秘部へと押しつけてくる。

どうやら完全に吹っ切れてくれたようだ。

ならば、と俺は上体を起こし、熱っぽい呼吸を続けているシンディさんの目線の先にはち切れんばかりに反り勃った剛直を入れる。

すると俺の言わんとしていることが分かったのだろう。

彼女もまたゆっくりと身体を起こし、そのブロンドの髪を耳にかけながら剛直に顔を近づけてこれを優しく握る。

「熱くて大きい……。これがゲンジさんの……」

「ああ、そうだ。存分に可愛がってやってくれ」

「ええ、もちろんよ……。でも痛かったらごめんなさい……。その、私こういうことするの初めてだから……」

「ふ、構わぬ。その気持ちが何より嬉しいのだ。それに俺も一つくらいはあなたの〝初めて〟をもらいたかったのでな。おかげでさらに大きくなってしまったぞ」

「やだ、本当に凄い……」

ごくり、と生唾を呑み込んだ後、シンディさんがはむっと剛直を咥え込む。

「じゅるっ……んっ……ちゅぅ……」

そして辿々(たどたど)しくも丹念にこれを愛撫してくれる。

優しく、愛に溢れた口淫だ。

初めてゆえ、決して上手いわけではない――が、愛情を持ってしてくれるということがこんなにも情欲を昂(たかぶ)らせてくれるとは思わなかった。

熟練の風俗嬢にされるのとはまた違った情欲の高ぶりだ。

されればされるほどシンディさんを愛しく感じ、俺もまた彼女を愛してやりたいと無意識に身体が動く。

「……ま、待ってゲンジさん……や、だめよこんな体勢……は、恥ずかしい……ああっ♡」

シンディさんの顔は剛直の側に置いたまま、身体を俺の上に乗せ、その愛蜜に塗れた豊満な尻に顔を埋める。

そうして彼女の秘部に舌を這わせていると、シンディさんもまた俺の剛直を咥え込んだ。

「んんっ♡　あ、だ、だめぇ♡　き、気持ちよすぎて声出ちゃうぅぅ♡」

だがやはり経験値の差か、俺の愛撫に彼女の方がよがってしまい、集中できずにいるようだった。

「や、そこいいっ♡　あっ♡　ああっ♡　も、もうだめぇ……あっ♡　げ、ゲンジさんにいっぱぐちゃぐちゃにされて……あ、あそこが凄く切ないのぉ……♡」

そう懇願するような視線を向けてくるシンディさんに、俺は身体を起こしながら言った。

「ふ、よかろう。ちょうど俺の我慢も限界を迎えようとしていたところだ」

見るがよい、と見せつけた剛直はまるで噴火前の火山を思わせるほどに血管を浮き上がらせながら怒張していた。

「ああ、凄い……♡」

その様子に恍惚の笑みを浮かべながら、シンディさんが俺を受け入れるべく自ら足を開いて横たわる。

彼女の秘部は再三に渡る愛撫により、てらりと燭台の灯りを反射するほどの泉と化していた。

「は、早く来て、ゲンジさん……。わ、私、もう我慢できない……」

「ああ、分かっている。ならば存分に味わうがよい！」

「や、大きい……こ、こんな凄っ……あ、あああああああああああああああああああああああああああっ♡♡」

ぎゅっとシーツを握り、シンディさんが大きく背筋を反らしながら嬌声を上げる。

どうやら突き挿れただけで達してしまったようだ。

さすがは音に聞くマジカルチ〇ポと言ったところだろうか。

時間をかけて愛撫したのも相まって効果が倍増したらしい。

だがまだまだ本番はこれからである。

「はあ、はあ……あっ♡　あんっ、や、あっ♡　んっ……な、なんでこんな……あっ♡　き、気持ちいい、の……ああんっ♡」

「ふ、それは俺が最強の男だからだ……っ。当然、夜の方も最強に決まっておろう……っ。――ふんっ」

「はあんっ♡　こ、こんなのだめよ……あっ♡　んっ♡　こ、こんな凄いことされたら私……ひあっ♡　も、戻れなくなっちゃう……あんっ♡　あっ♡　や、だめっ……あ、ああああああああああああああああっ♡♡」

ぷしゃっと四度目の絶頂とともにシーツに染みを作ったシンディさんが肩で大きく息をする中、俺は彼女の豊満な尻をこちらに向かせ、後ろからずりゅりと剛直を突き挿れる。

「んあぁっ♡　こ、これ深い……はぁ、んっ♡　そ、そんな奥まで突かれたら私……あっ♡　あっ♡　ま、またイっちゃう……あっ♡　やっ、ああんっ♡」

「ふ、何度でも達するがよい……っ。俺の剛直でよがる姿をもっと見せてくれ……っ」

「そ、そんな……んっ♡　は、恥ずかしい……や、あっ♡　んっ♡　だ、だめっ……あっ♡　あっ♡　い、イっちゃう……あっ♡　わ、私またイク……イ、クうううううううううううううううううううっ♡♡」

がくがくと五度目の絶頂を迎え、シーツの染みを広げながら脱力した彼女を再び仰向けにさせた俺は、ついに念願の種付けプレス体勢をとる。

正直、後ろから突いた時点で割と限界だったので、そのまま精を解き放ってもよかったのだが、これでも一応〝種付けおじさん〟だからな。

我が覇道の始まりという意味合いでも、最初の種付けはやはり〝種付けプレス〟でなければならぬだろう。

——ずにゅりっ！

「はああああああんっ♡」

三度剛直を蜜壷へと沈めた後、俺は先ほどよりも力強く——本能の赴くままに腰を打ちつけ続ける。

「あっ♡　や、あっ♡　ああんっ♡　も、もっとぉ！　もっと激しく突いてぇ！」

シンディさんも俺の気配が変わったことに気づいたのだろう。

一層大きく喘ぎながらこう言ってきた。

「き、来てゲンジさん……あっ♡　わ、私の中に……ん、あっ♡　あ、あなたの熱いのを……ああっ♡　い、いっぱい出してぇ！」

「ふ、よかろう……っ。ならば受け取るがよい……っ。そして我が子を孕めぃッ！」

どぱんっ！　と一層大きく腰を打ちつけると同時に、俺は彼女の最も深い場所に大量の精を解き放つ。

「んおおおおおおおおおおおおおおおおおおおおおおおおおおおおっ♡♡」

その瞬間、シンディさんはおほ声を上げながら六度目の絶頂を迎え、ぷしゃあと盛大にシーツを濡らしたのだった。

◇

そうしてその後も幾度か休憩を挟んでは体位を変え、彼女に夜通しで種付けを行った。

シンディさんが俺好みのエロい巨乳美女かつ人生初の子作りということもあってか、それはそれは気合いの入った激しい夜だった。

あれほど興奮したのは一体いつ以来だろうか。

しかも事後にはしっかりと甘えさせてくれた上、頭まで撫でてくれるママ具合だ。

そう、俺の求めていた理想郷がここにあったのである。

あとはシンディさん似の可愛らしい子が生まれてくれたら、もう何も言うことはあるまい。

子沢山ハーレムを目指す俺としては最高の出だしと言えよう。

「何かあったらいつでも呼んでくれ。どこにいようと必ず駆けつけよう」

「ええ、分かったわ。でもできれば三日に一度くらいは抱いてもらえないかしら……？　だって私、もうあなたなしじゃ生きていけない身体になってしまったし……」

「ふ、よかろう」

ぎゅっとラブラブな抱擁で別れを惜しむ中、ぴのこが半眼で言った。

「いや、〝よかろう〟じゃないですよ……。三日に一度のペースで戻ってきてたらどこにも行けないじゃないですか……」

と。

――ぴろりん♪

《新しいスキルを習得しました》

「えっ？　ま、まさか……っ!?」

愕然とするぴのこの期待に応えるかのように、ステータス画面を開いてやる。

そこにはこんなスキルが追加されていた。

《即姫(そくひめ)》：お気にの嬢のもとへ一瞬で移動できる。

「なっ？」

「もうなんなんですかこれぇ〜……」

「ふ、これが〝種付けおじさん〟だ」

「だからそのおじさんがなんなんだって話ですよ⁉　っていうか、どちらかというと〝風俗おじさん〟じゃないですか⁉」

「ふむ、そうとも言うな」

そんなこんなで、新たな嬢ことママを探すべくルーファをあとにしようとした俺だったが、さすがに徒歩では膝にくるということで、何かいいスキルはないものかと吟味する。

ちなみに今の俺は〝隻眼〟を倒したことでレベルが〝72〟まで上がっているため、確認していないスキルがそこそこあるのだ。

「ほほう、身体から香しい匂いを放つことで犬を集めることができるスキルがあるぞ」

「え、それなんの役に立つんですか……？」

「ふ、それは使ってみてのお楽しみというやつだ。どれどれ――」

「いや、〝どれどれ〟じゃないですよ⁉　なんでパンツ脱ごうとしてるんですか⁉　そのスキルは封印です、封印！」

「ふむ、そう言われてしまっては仕方あるまい。では何か別の……お、〝ユニコーン〟を喚べるスキルがあるぞ。これなどよいのではないか？」

「わあ、いいじゃないですか！　私、一度乗ってみたかったんですよ、ユニコーン！」

ぱあっと瞳を輝かせるぴのこを微笑ましく思いつつ、俺は言った。

「よし、そうと決まれば早速喚んでみるとしよう。──出でよ、《処女厨》！」

──ぶうんっ。

「いや、あの、ユニコーンを〝処女厨〟呼ばわりするのやめてもらっていいですか……？」

「そう言われてもな。スキル名が《処女厨》だからどうにもならんのだ」

「……はあ」

がっくりとぴのこが肩を落とす中、地面に浮かび上がった召喚術式からほのかな輝きとともに純白の一角獣が姿を現す。


「──ヒヒーン！」


「おう、来たか処女厨」

「いや、呼び方……」

ブルル、と鼻を鳴らすユニコーンの首元を優しく撫でた後、やつの背に跨がる。

乗馬は初めてだが、いつの間にやら《騎乗A》のスキルも覚えていたらしく、感覚的に乗り方を理解しているようだった。

「それで次はどこに向かうんです？」

「まあちょっと待て。──おい、どこに行けば女がたくさんいる？」

――きょろきょろ。

「ヒヒーン！」

「そうか、あっちか。というわけで、あっちだ」

「いやいやいや……。え、なんですか今のは……」

「うん？　普通に生娘の気配を探っただけだが？」

「いや、そんな〝常識だろ？〟みたいな顔で言われても……。え、ユニコーンってそういうことできるんですか……？　なんかイメージが崩れるというか……」

どこか引いたように問うてくるぴのこに、俺はこくりと頷いて言った。

「無論だ。伊達に〝処女厨〟などと呼ばれてはおらぬからな。よく考えてもみろ。こいつら処女以外の女を問答無用で串刺しにするんだぞ？　普通にやべえやつだろ」

「いや、まあ……はい。確かに冷静になって考えてみたらやべえやつでしたわ……」

というわけで、そのやべえやつに跨がりながら、どことも知れぬ森の中を颯爽と駆けていた俺たちだったのだが、

「――見つけたぞ、卑劣なオークめ！　我らの同胞(どうほう)をどこへやった⁉」

「ほう、ダークエルフか。覚えておけ、ぴのこ。ああいう気の強そうな女は尻が弱い」

「いや、この状況でなんの話をしてるんですか……」

というように、何やらまた一波乱ありそうなのであった。

【四話】誕生、オークキング

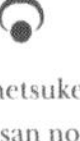

Tanetsuke Ojisan no isekai press Manyuki

「答えろ！　我らの仲間を一体どこへ連れ去った⁉」

憤りに満ちた顔で木の上から矢を構える淡褐色肌の銀髪美女に、俺はなるべく彼女を刺激せぬようゆっくりと処女厨から降りて言った。

「それは誤解だ、麗しきエルフの娘よ。そもそも俺は人間であってオークではない。よく見てくれ。どう見ても人間だろう？」

「ふざけるな！　どう見てもオークだろうが！」

「……ほう？」

「いや、〝え、そうなの？〟みたいな顔でこっち見ないでくださいよ……。傷つけるのもあれなのであえて言いませんでしたけど、ぶっちゃけオークの集落に混ざっていても分からない感じですからね……」

「なるほど。つまり潜入も容易いというわけか」

「なんですかその強メンタルは……」

ふむ、と頷いた後、再び女性を見上げて言った。

「というわけだ。俺ならば攫われたというあなたの仲間たちを助けることができるやもしれぬ。ゆえに武器を下ろしてはもらえぬだろうか？　もし心配ならば俺も武装解除しよう。なんならパンツすら脱ぐ所存だ」

「どういう所存ですか……。というか、逆に警戒されますって……」

が。

「——いいだろう。ならば自らの宣言通り全裸になれ。その上で判断してやる」

「ええっ⁉　ちょ、やめた方がいいですって⁉　せめてパンツくらいは——」

「すまんな、ぴのこ」

「えっ？」

「もう脱いでいる」

——ぼろんっ。

「ぎゃあああああああああああああああああああああっ⁉」

俺のむちむちな肉体美にぴのこが断末魔のような絶叫を上げる中、女性がすっと地上に降り立って言った。

「……なるほど。確かによく見れば肌の色も違うし、オークではないようだが……って、ひいっ⁉　お、おい⁉　な、何故そんなに……お、大きくなっている⁉」

「無論、目の前にあなたのような魅力的な女性がいるからだ。すまぬが生理現象の一つなのでな。俺の意思ではどうすることもできぬ。ゆえにこのまま話を聞かせてもらいたい」

「そ、そうか……。では仕方がないな……。実は——」

「いや、仕方なくはないですよ⁉　何をころりと騙されちゃってるんですか⁉」

「なるほど。木の実を集めに出たはずの少女たちが突如姿をくらまし、近くにはオークと思しき足跡が複数残されていたと」

「ああ、そうだ。ゆえに私はオークの集落へと向かうべく単身森の中を駆けていた。そこで出会ったのがお前たちというわけだ」

「そういうことか」

ふむ、と腕を組む俺の下半身にはしっかりとブリーフが装着されていた。

ぴのこがとにかく穿け穿けうるさかったので、仕方なく穿いたのである。

「しかし何故一人で行動を？　いくらあなたの腕が立とうと些か無謀に思えるのだが……」

「……そうだな。私もそう思う。だがお前たちも知ってのとおり、我らダークエルフは通常のエルフたちよりも個体数が少ない上、その立場も極めて弱い。わざわざ危険を冒してまで助けに行ってくれる者はいないんだよ……っ」

「……そうか」

悔しそうに唇を噛み締める女性に、俺は銅像状態になっていた《送り狼の鎧》を一瞬で身に付けた後、ばさりとマントを翻らせて言った。

「ならば俺たちがあなたの力となろう。言い忘れていたが俺の名はゲンジ。いずれ世界にその名を轟かせる種付けおじさんだ」

「……種付け、おじさん……？」

「あ、そこはあんまり気にしなくていいんで……。ちなみに私はお供のぴのこです」

「そ、そうか……。私はダークエルフのエイシスだ。呼び捨てで構わん。まずは先の非礼を詫びさせてくれ。そして助力に感謝する」

恐らくはエルフ式のお辞儀なのだろう。

胸元に手を当てながらエイシスが丁寧に頭を下げる。

「いや、気にしなくていい。ならば急ぐとしようか。――《処女厨》！」

――ぱあっ！


「――ヒヒーン！」


「いや、もう一体出せるんですかそれ……」

「まあな。よし、お前はエイシスを乗せて……むっ？」

「ブルルッ！」

その瞬間、俺たちが乗ってきた処女厨が突如新しい処女厨に敵意を剥き出しにし、なんと襲いかかったではないか。

――がきんっ！

「ヒヒーン！」

当然、襲われた処女厨も角で応戦し、割とガチめの殺し合いへと発展する。

そして。

「ブルルゥ……」

――ずしーんっ！

勝ったのは最初に喚び出した処女厨Aであった。

「ヒヒーン！」

やつはずずずと地面に消えていく処女厨Bを踏みつけながら高らかに勝利の雄叫びを上げると、キリッと漢の顔でエイシスのもとへと向かっていったのだった。

「なるほど。同じ女を愛した者同士、相容れることなどできなかったというわけか……」

「いや、どう見てもただの性欲かなんかですよあれは……」

◇

そうして処女厨Aにはエイシスが乗り、俺たちはどうしたのかというと、

「いや、これ普通に動くんですね……」

「当然だ。よく寝起きにポーズが変わっていたりしただろう？　なあ、柴犬」

「ワオーン！」

というように、銅像状態になった《送り狼の鎧》の背に乗っていた。

「いや、〝柴犬〟って……。てか、何故そんな往年の武闘家っぽい直立不動体勢なんですか……？　しかもパンツ一丁で……」

「無論、この方が強キャラ感を出せる上、いつオークと遭遇しても仲間だと認識されやすいからだ」

「なるほど……。なんかそれっぽい理由があるのが逆に腹立たしいですね……」

はあ……、とぴのこが嘆息する中、併走しているエイシスに問う。

「それでオークの集落とやらはここから遠いのか？」

「いや、この先の渓谷を越えた辺りだ」

「そうか。一応聞いておきたいのだが、〝オーク〟とは一体どんな種族なんだ？　俺も軽くしか知らんのでな。やはり雄しかいないのか？」

「うん？　いや、どちらかというと雌の方が多いぞ？」

「何っ？」

ちらり、とぴのこを見やる俺。

「いや、私に聞かれても……。でもどうやらここではそうみたいですね」

「ふむ。雌のオークか」

創作物などではちょいぽちゃ巨乳美少女風に描かれていたりもするのだが、果たして鬼が出るか蛇が出るか……。

うーむ、と神妙な面持ちで腕を組みつつ、俺はふと疑問に思ったことを口にする。

「しかしそれだけ雌がいるのであれば、わざわざエルフの娘を攫っていく理由などないのではないか？　逆に雌たちが許さんだろうに」

「ああ。だからこそ急いでいるのだ。子を産ませるつもりならばそれなりの扱いもされようが、そうでないのならば……っ」

「……なるほど。それ以上は言わなくていい。少し速度を上げるぞ」

「──頼もうッ！」

『──っ⁉』

そうしてオークの集落へと到着した俺たちは、真正面からこれに突入する。

すると主に雌のオークたちが棍棒を手に声を荒らげてきた。

「オマエ、見ナイ顔ダナ！　ハグレ者カ⁉」

「ナゼえるふヲ連レテイル⁉」

「オマエモえるふガイイノカ⁉」

「女ノ敵！　許サヌ！」

何やら俺たちが来る前から気が立っていたように見える。

とくにエイシスというよりは〝エルフ〟に対して敵意を剥き出しにしているところを見る限り、どうやら彼女の同胞(はらから)がここに連れてこられたのは確かなようだ。

しかしオークの雌というのは初めて見たのだが……なるほど。

一言で表すなら〝力士〟と言ったところだろうか。

無論、ただのデブという意味ではない。

あのサイズの棍棒をああも容易く片手で振り回しているのだ。

恐らくは筋肉を脂肪の鎧で覆っているのだろう。

肌の色は鮮やかな緑で、揃って豚鼻なのも種族の特徴か。

しかし実に豊満かつ豊満の上に豊満な娘たちである。

残念ながらちょいぽちゃ巨乳美少女ではなかったようだ。

「落ち着け、オークの娘たちよ！　俺は〝ゲンジのオーク〟だ！」

「いや、そんな源氏のやべえやつみたいに言われても……」

呆れたようにぴのこが半眼を向けてくる中、向こうの方から一際巨躯の雌オークがのしのしと近づいてきて言った。

その風格たるや、まさに横綱である。

「〝げんじノおーく〟ダト？　聞カヌ名ダナ。ダガ貴様ノ用件ハ分カッテイル。アノ〝玉ナシ〟ドモノコトダロウ？」

そう言って背後を親指で差したその先では、何故か雄オークたちが三人ほど広場の中央で正座させられていた。

そしてその近くには、

「「「お、お姉ちゃーん⁉」」」

「お前たち⁉　無事だったのか⁉」

まだ十歳前後くらいであろう可愛らしいダークエルフの少女たちが、身体を寄せ合いながら座らされていた。

「くっ……」

今にも駆けていきそうなエイシスを手で制し、俺は横綱級の雌オーク（以下クイーン）を見上げて言う。

「できれば事情を聞かせてもらいたい。彼女たちを連れ去ったのは何故だ？」

「ソレハヤツラノ口カラ直接聞クガイイ。我ラモ今マサニソウシテイタトコロダカラナ」

「そうか。ではすまぬがそうさせてもらうとしよう」

クイーンに続き、俺たちも広場へと移動する。

「「「お姉ちゃん！」」」

「ああ、無事でよかった……」

そしてエイシスが少女たちと抱き合う中、地に片膝を突き、雄オークたちに問うた。

「聞かせてくれ、友よ。何故エルフの娘たちを攫ったのだ？」

「チ、違ウンダ⁉　攫ッタワケジャナイ⁉　俺タチハタダ彼女タチト楽シクオ喋リシテイタダケナンダ！」

「お喋り？　つまりお前たちは彼女たちに劣情を抱いていたわけではないのだな？」

「当然ダ！　彼女タチハ俺タチノ癒ヤシ！　日々コンナ化ケ物ドモノ相手ヲサセラレル俺タチノ唯一ノ癒ヤシナンダ！」

「ソウダソウダ！　褐色ろり万歳！」

「黙レ、玉ナシドモ！　貴様ラニハ仕置キガ必要ナヨウダナ！　――オイ！　コイツラ全員足腰立タナクナルマデ搾リ取ッテヤレ！」

『応ッ！』

「「「ウワアアアアアアアアアアアアアアアアアアアアッ⁉　タ、助ケテクレエエエエエエエエエエエエエエエエエエエエエッ⁉」」」

ずるずると雄オークたちが羽交い締めにされて集会場と思しき建物内へと連れていかれる。


「「「――ギエエエエエエエエエエエエエエエエエエエエエエエエエエエッ⁉」」」


そして砲弾でも落ちたかのような激しい揺れと断末魔の如き絶叫がしばらく轟いた後、ぺっとからっからに干からびた雄オークたちが建物内から吐き出されたのだった。

「なるほど。あれを毎日か。ならば純粋無垢なロリたちと戯れたくなるのも致し方なしだな」

「ですね……。というか、一体何を見せられてるんでしょうね、私たち……」

ぴのこが死んだような顔になる中、俺は「ともあれ」と再びクイーンを見やって言った。

「あなたたちの事情はよく分かった。が、たまには息抜きというのも必要だ。彼女たちを性的な目で見ていない以上、多少の戯れは許すべきではないか？」

「イイヤ、駄目ダ。ヤツラガソコノ娘ドモト会ウヨウニナッテカラ、〝マグワイ〟ヘノ積極性ガ極端ニ落チ込ンデイル。貴様モおーくナラ分カルダロウ？　我ラガ性欲ノ旺盛サトハ裏腹ニ、男ノ産マレル確率ガ圧倒的ニ低イトイウコトヲ。ユエニ〝マグワイ〟ヲ疎カニシテハナラヌトイウコトヲ」

「……そうだな。種の存続は言わずもがな、女たちの性欲の解消にも繋がる以上、他種族の女になど目移りさせている場合ではない、か」

「ソウダ。ユエニ我ラハソノ原因トナリエル芽ヲココデ摘ム。今後二度トコノヨウナコトガ起キヌヨウニナ」

「「「「――っ⁉」」」」

そう言って棍棒を握り始めた雌オークたちに、エイシスたち四人がぎゅっと身体を寄せ合う。

「ちょ、ちょっとおじさま⁉」

「ああ、分かっている」

だが当然、そんなことをさせるわけにはいかない俺は、「待ていッ！」と雌オークたちを一喝して言った。

「その娘たちに手を上げることは許さぬ！」

「ホウ？　邪魔ヲスルトイウノカ？　ナラバ同族デアロウト容赦ハセンゾ」

ザザッ、と殺気立った雌オークたちが俺たちを取り囲む。

一触即発な空気の中、しかし俺は泰然自若に腕を組み、意を決して声を張り上げた。

「勘違いするな、オークの娘たちよ！　俺が言いたいのはただ一つ――ここにいる全員、このゲンジのオークがお相手仕るということだッ！」

『――っ⁉』

その場にいた全員が驚愕に目を見開く中、クイーンが困惑したように口を開く。

「ナ、何ヲ言ッテイル……ッ⁉　貴様、正気カ……ッ⁉」

「無論だ。あなたたちの目的は子を孕むこと。ならばこのゲンジのオーク――全霊を賭してその任を請け負おうではないかッ！」

ドーンッ！　と胸を張って再度声を張り上げる。

先ほどエイシスが言っていた。

〝子を産ませるつもりならばそれなりの扱いもされようが〟、と。

つまりオークとエルフが交わった場合、生まれるのは〝オーク〟ということだ。

恐らくはゴブリンと女騎士のように種によって優先度があるのだろう。

ならば人である俺の子がオークとして生まれる可能性も十二分にあり得る話！

いや、必ずある！

ゆえに我が勇姿のあとに続け！　同胞（はらから）たちよ！

「バ、馬鹿馬鹿シイ！　貴様一人デ相手ニデキル人数ナド高ガ知レテイル！　イズレヤツラノヨウニナルノガオチダ！」

「ふ、ならば試してみるがいい」

「……何ッ？」

「まずはあなたが試せばいいと言ったのだ。彼女たちを処するのはそれからでも遅くはあるまい。

だがもし俺があなたのお眼鏡に適ったその時は、彼女たちを無事に解放してやって欲しい。そしてあそこで干からびている同胞たちにも息抜きの機会を与えてやってくれ」

「「「げ、げんじノ兄ィ……！」」」

うるうると感極まっている様子の雄オークらに無言で頷く。

するとクイーンがククッとおかしそうに笑って言った。

「ヨカロウ。貴様ノ申シ出ヲ受ケテヤル。ダガ相手ハ我ダケデハナイ。貴様ガ自分デ言ッタヨウニ、ココニイル全テノ飢エタ女タチガ相手ダ。途中デ力尽キタラ貴様ノ負ケ。えるふドモハソノ場デ首ヲ刎ネル」

「そ、そんな……っ⁉」

異議を申し立てようとするぴのこを手で制し、俺は頷いて言った。

「いいだろう。ならば全員まとめてかかってくるがよい。ただし覚悟することだ、オークの娘たちよ。このゲンジのオークと一度まぐわったが最後――二度と俺なしでは生きてゆけぬ身体になると知れ」

「クックックッ、ソレハ楽シミダ。――聞イタナ、オ前タチ！　久シブリノ宴ダ！　コノ男ノ精ヲ貪リ尽クシテヤレ！」

『オオオオオオオオオオオオオオオオオオオオオウッッ‼』

雌オークたちが歓喜の雄叫びを上げながら次々に集会場へと向かっていく。

そんな中、ぴのこが捲し立てるように言った。

「ちょ、無茶ですよおじさま⁉　いくらあなたが《絶倫》のスキルを持つ種付けおじさんだからって、同族が〝化け物〟呼ばわりするような方々なんですよ⁉　絶対途中でしなしなになっちゃいますって⁉」

「ふ、〝化け物〟か……。なあ、ぴのこよ。俺はな、今までに一度も風俗で〝チェンジ〟や〝キャンセル〟といったものをしたことがないんだ」

「えっ？」

「たとえどれほどプロフと違おうが、たとえどれほど歳が離れていようが、俺は生涯にわたってただの一度も女性を拒否したことがない。何故だか分かるか？」

「い、いえ……」

「その後の相手の心境を考えてしまうからだ。拒否する理由など容姿以外ありはしないからな。わざわざ部屋まで来て、容姿を理由に拒否される女性の心情を考えたら、そういうことが一切できなかったのだ」

「で、でも決して安くはないお金を払ってるんですよね？　ならそれは当然の権利なんじゃ……」

「そうだな。確かにあなたの言うとおりだ。だから俺のやってきたことはきっとただのお人好しな自己満足に過ぎぬのだろう。だがそれでも……いや、だからこそ辿り着けた境地がある」

——ぴろりん♪

《新しいスキルを習得しました》

「えっ⁉」

驚くぴのこをよそに、俺はステータス画面を開く。

そこにはこう記されていた。


《勇者》：数多の試練を生き抜いた英雄の証。たとえどんな相手であろうと絶対に中折れしない。


「おじさま……っ」

「では行ってくる。武運を祈っていてくれ」

ザッ、と大地を踏み締め、俺は雌オークたちの待つ集会場へと向かっていったのだった。

◇

そうしておじさまは集会場の中へと消えていきました。

それから三日三晩、辺りには大型の肉食獣のような咆吼と地鳴りが轟き続け――そして四日目の朝、私たちの前に精悍な顔立ちをした一人の男性（痩）が姿を現したのです。

たった一人で全ての雌オークたちを討伐（？）した天下無双の豪傑。

後に彼はこう呼ばれるようになります。

――〝オークキング〟と。

【五話】傲慢エルフをわからせろ

Tanetsuke Ojisan no isekai press Manyuki

雌オークたちとの激しい戦いを終え、見事オークの集落の主となった俺は、約束通り解放されたダークエルフの少女たちとともにエルフの里への道を急いでいた。

さすがに処女厨や柴犬に全員を乗せることはできないからな。

オークたちから借りた荷車に彼女たちを乗せ、それを処女厨に引かせるような感じで森の中を進んでいく。

そんな中、俺はふと周囲の木漏れ日を見やって言った。

「なあ、ぴのこよ。人は何故自宅にいるのに家に帰りたくなるのだろうな……」

「いや、がっつりメンタルやられてるじゃないですか……。なんなら一度シンディさんにでも癒やしてもらってきた方がよいのでは……？」

「……うむ。そうしたいのは山々なのだが、その前に婦女子たちを無事に家へと送り届けてやらねばなるまい。さすがに数日行方不明ともなれば、親御さんも気が気でないだろうからな」

「そうですね。きっと皆さん喜んでくださるはずです。――エイシスさんも色々とお疲れさまでした。里に戻ったらゆっくり休んでくださいね」

「ああ、すまない。この借りは必ず返すと約束しよう。大したもてなしもできないが、今日はどうかうちに泊まってくれ。事情を話せばきっと里にも入れてくれるはずだ。この子らも礼がしたいと言っているのでな」

そう言って少女たちの頭を撫でるエイシスを、俺たちは微笑ましげに見つめていたのだが、

「――止まれ、汚れし者どもめ！　貴様らを里に入れるわけにはいかぬ！」

『――っ⁉』

待っていたのは予想外の事態だった。

揃って弓を構えてくるエルフたちに、エイシスが困惑しながら問いかける。

「ちょ、ちょっと待ってくれ⁉　これは一体なんの冗談だ⁉」

「冗談などではない！　卑しきオークどもに手籠めにされた汚れ者を里に入れるわけにはいかぬと言っているのだ！」

「そ、それは誤解だ！　確かにオークの女たちはこの子たちを攫ったが、それはこの子たちと談笑していた男たちに嫉妬したからであって、断じて手籠めになどされてはいない！」

「黙れ！　ダークエルフの言うことなど信用できるか！　とっとと消えろ、この汚れ者め！」

「――なっ⁉」

びゅっ！　と無防備なエイシスを無情にも矢が襲う。

が。

――がしっ！


直前で俺が彼女を庇い、掴んでいたそれをばきんっと握り潰す。

「なるほど。これがあなたたちの置かれた現状というわけか。よく分かった」

『――っ⁉』

「ゲンジ……」

「下がっていろ。あとは俺が話をつける」

そう言ってエイシスを下がらせた俺に、当然エルフたちは矢を向けて言った。

「おのれ、卑しきオークめ！　ここを我ら清浄なるエルフの領域と知っての狼藉か！」

「無論だ。だがその前に一つ貴様に尋ねたいことがある。何故彼女を射った？　退かせることが目的ならば足もとを射ればいいはずだ。しかし今のは確実に殺すつもりだったな？　それは何故だ？」

「何故かだと？　分かりきったことを！　汚れ者となったダークエルフになど生きる価値はないからだ！」

「「「……っ」」」

エイシスたちの顔が一様に強張る中、俺は「……そうか」と失望したように言った。

「ならば貴様もその〝汚れ者〟とやらになるがいい。――《時間停止》」

ふおんっ、と犬以外の時間が停止する中、俺はエイシスを射ったエルフを《亀甲縛り》で縛り上げ、足もとに転がす。

「な、なんだこれは⁉」

『——なっ⁉』

そして動き出した世界でさらに〝隻眼〟討伐で習得した結界スキル——《例のプール》を使用し、おしゃれな室内プールと、召喚スキル——《店外デート》でとっておきの水着美女を喚び出す。


「——ウッフ〜ン♪」


『うおえっ⁉』

「こちらはオーク族の中でもとりわけ性欲の強い美魔女——マリリンさん（年齢不詳）だ。好きな男のタイプは年下の可愛いイケメンらしい。ちなみにオークの雄たちは皆彼女に童貞を奪われていることから〝童貞喰い（チェリーイーター）〟とも呼ばれている。というわけで、ほれ」

「うわあああああああああああああっ⁉」

ぽいっと俺は縛り上げたエルフをマリリンさんの待つ結界内へと投げ入れる。

「アラ、可愛イ子♪　ウフ、オ姉サント〝イイコト〟シマショウカ？」

「ひ、ひいっ⁉　た、助け……ぎえええええええええええええええええええええええええええええええええっっ⁉」

『〜〜っ⁉』

その瞬間、マリリンさんが貪りつくようにエルフの男性を食い散らかしたのだった。

なお、ダークエルフの少女たちにはぴのことエイシスがちゃんと目隠しをしているのであしからず。

無垢なロリっ娘たちにはさすがに刺激が強すぎるのでな。

こういうのはもう少し大きくなってからである。

「ウフ、ゴチソウサマ♪」

どさりっ、と干からびたエルフの男性が《例のプール》から解放される。

それを見たエルフたちがわなわなと顔を青ざめさせる中、恐らくは少女たちの親御さんであろうダークエルフたちが数人ほどこちらに向けて駆けながら声を張り上げる。

「お前たち！」

「パパ！　ママ！」

そうしてエイシスの手を離れた少女たちが無事親御さんたちとの再会を果たし、互いにぎゅっと力いっぱい抱き合う。

そんな温かい光景に思わず口元が和らいでいた俺だったのだが、

「――ふん、たかが人間の分際で随分と舐めた真似をしてくれたようじゃのう」

『――っ⁉』

ふいに凛とした女性の声が辺りに響き渡り、ダークエルフたちの顔が強張る。

そしてエルフたちが次々に跪くその中央を赤いドレスに身を包み、神秘的な杖を手にした一人の女性が悠然と歩いてくる。

年齢は他のエルフたちよりも少し上、三十前後くらいと言ったところだろうか。

見るからに高飛車な感じの巨乳美女である。

「はう？　一目で俺を人間だと見抜いた亜人種はあんたが初めてだ。その出で立ちを見るに、どうやらあんたがここの長らしいな」

「そうじゃ。妾の名はアルティシア。この里の長にして、誉れ高き〝ハイエルフ〟よ」

「なるほど。どうりで他のエルフたちとは気配が違うわけだ。まさかハイエルフだったとはな」

「え、知ってるんですか？」

「いや、知らん」

「……」

じゃあなんで言ったんだみたいな顔で俺を見てくるぴのこだが、〝ハイ〟とかついてたらなんか強そうだろ？

〝ハイヒール〟とかもうそれだけで踏まれそうな気がするわ。

「なるほど。下賤なオークどもを従えているだけのことはある。なかなかに肝の据わった小僧ではないか。じゃが――少々頭が高いのではないかえ？」

『――ぐうっ⁉』

その瞬間、俺以外の全員が見えない〝圧力〟によって地面に這い蹲らされる。

「な、なんで私までぇ～⁉」

何故か女神のぴのこまで潰れそうになっていたが、まあ今は小デブのひよこだからな。

そういうこともあるだろう。

「ほう？　我が〝圧〟を前にしても膝を折らぬか。驚いたぞ」

「当然だ。デブの脚力を舐めるな」

「クックックッ、なるほど。醜くあるがゆえに培われた剛脚か。楽しませてくれる」

「それは何よりだ。では褒美にその〝圧〟とやらをそろそろ解いてもらえるか？　このままだとうちのお供が踏まれたウンコみたいになりそうなのでな」

「いや、言い方ああああばばばばばばばばっ⁉」

「ふ、よかろう。本命の貴様を潰せぬのであれば意味がないからのう」

そう鼻で笑った後、皆を押し潰していた圧力が解除される。

『はあ、はあ……』

だがそれなりにダメージは大きかったようで、皆辛そうに肩で息をしていた。

「大丈夫か？」

「あ、ああ、私たちはなんとかな……」

しかし……、とエイシスが視線を向けた先では、ぴのこが半分地面にめり込んだ状態で白目を剥いていた。

「なんと酷い……。女子にあるまじき顔だ……」

「いや、誰のせいでこうなったと思ってるんですか⁉　というか、瀕死の相棒に向かってなんてことを言うんですか⁉」

がばっと復活したぴのこにすまんすまんと謝りつつ、俺は再びアルティシアに向き直る。

すると彼女は相変わらず余裕を孕んだ声音で言った。

「さて、話を戻そうか、人間。なにゆえにその汚れし娘らを庇う？　そんなにそやつらのことが気に入ったのかえ？」

「ああ、もちろんだ。むしろ何故あんたたちはこんなにも可憐な子らを汚れ者だと邪険に扱う？彼女たちがダークエルフだからか？」

「そうじゃ。ダークエルフとは我ら誇り高きエルフになりきれなかった劣等種。それをお情けで生かしてやったにもかかわらず、よもやオークの手に落ちようとは……。我らの気高き誇りを汚してくれた以上、報いを受けるのは当然じゃろう？」

「なるほど。〝誇りを汚した〟、か。それはまた随分と程度の低い誇りだな」

「……なんじゃと？」

途端に険しい表情を浮かべるアルティシアに、俺は腕を組んで言った。

「あんたらの言う〝気高き誇り〟というのは自分が汚れるからと、こんな幼き子らを見殺しにすることなのか？　少なくともここにいるエイシスは、たった一人でその汚らわしいオークの集落に乗り込もうとしたぞ？　自分の身も顧みずにな」

「ふん、それが一体なんじゃと申す？　小娘が単に無謀な特攻に出ただけであろう？」

「そうだな。確かに無謀だが、実に勇敢で尊敬に値する行いだ。誇りと言うのであれば彼女ほど誇り高いエルフを俺は知らぬ。ここにいる誰よりも気高く美しい最高のエルフだ」

「ゲンジ……」「おじさま……」


――トゥンク。


「～～っ⁉」

何故かぴのこがいきなり悶絶し出したのはさておき。

アルティシアが嘲笑うように言った。

「……なるほど。貴様の言い分はよく分かった。それでその最高のエルフたちを妾にどうして欲しいと？」

「それをあんたと一対一で話し合いたい。場所は俺が用意しよう。無論、安全面に関しては気の済むまでそちらで調べてもらって構わぬ。とにかく俺が望むのはここの長であるあんたとの直接対話だ」

「ほう？　そのふざけた要求に妾が素直に応じるとでも？」

「別に応じずとも構わんが、天下のハイエルフさまはそんな狭量ではないだろう？」

「クックックッ、いちいち癪に障る小僧じゃのう。――いいじゃろう。貴様の手の上で踊ってやる。少々〝わからせ〟ねばならぬようじゃからな」

にやっとアルティシアが意味深な笑みを浮かべる中、俺もまたふっと笑いつつ、「ならば早速始めようか」と結界スキルを発動させる。

——ずずんっ！

「——《MM馬車号》。この鏡張りの馬車が今回の会談場所だ」

「ほう、これはまた面妖なものを用意する。是非その意図を聞きたいものじゃな」

「それは中を見れば自ずと分かるだろう。まずはエルフたちにでも調べさせるがよい」

俺がそう促すと、アルティシアが目線をエルフたちに向ける。

するど数人のエルフたちが恐る恐る馬車に近づき、その扉を開けた。

「これは……」

「一体どういう構造になっているのだ……？」

「一見するとただの鏡のようだが……」

揃って驚きの言葉を口にするエルフたちに興味を惹かれたのか、アルティシアもまた馬車へと近づく。

「ほう？」

そして同じく驚いたように言った。

「なるほど。外からは見えぬが中からは外が見えるようになっておるということか」

「ああ、そうだ。こいつは〝マジックミラー〟という代物でな。そいつを利用したファンタジーモデルの結界術だ。もちろん結界術ゆえ、完全防音かつ中ではスキルや魔法の類が一切使えぬ。外を見えるようにしたのはあんたの不安を取り除くということも一つの理由だが、俺の見えぬところで彼女たちの身に何かあっても困るのでな」

「ふん、心配せずともあの娘たちには何もせんわ。……〝今は〟な」

なんとも含みのある物言いだが……まあいいだろう。

とにかく今はこの女をこいつに乗せることの方が先決だ。

「して、貴様のスキルが使えんことをどう証明する？」

「簡単だ。そこのエルフよ、ちょっと協力してもらうぞ」

「？」

怪訝そうな顔をしているエルフの男性とともに《ＭＭ馬車号》に乗った俺は、手刀で彼を軽く斬りつけながらスキル名を口にする。

「――《テクノブレイク》」

――しゅうんっ。

だがスキルは発動せず、とんっと手刀が男性の左肩口で止まる。

「このとおり発動の兆しは見えても途中でキャンセルされる。ハイエルフのあんたなら俺が嘘を吐いていないのが一目で分かるだろう？」

「確かに。貴様はスキルを発動させようとはしたが、途中で貴様の意思とは無関係にスキルが解除された。どうやらこの結界術は貴様自身にも有効らしいな」

「無論だ。でなければ意味がないからな」

ゆえに、と俺は馬車から降りつつ、背の《天牙》を地面に突き立て、さらには《送り狼の鎧》も外しておすわり状態にする。

「これで完全な無防備だ。まあパンツは残っているが、お望みならばこいつも脱ぎ捨てよう」

「いらぬ。目が腐るわ」

心底不快そうな顔で俺を蔑んだ後、アルティシアは手にしていた杖を従者と思しきエルフに渡して言った。

「さすがに妾は脱がぬぞ?」

「ああ、構わん。ではどうぞお先に」

「よかろう。そなたらは少し離れておるがよい」

『はっ』

恭しく頭を下げ、エルフたちが馬車から距離をとっていく。

そんな中、俺はエイシスたちに微笑んで言った。

「ではちょっと行ってくる。何かあったらすぐに知らせてくれ。こちらからは見えているから大丈夫だ」

「ああ、分かった。お前に……いや、あなたに頼むのが筋違いなのは重々承知している。だがどうか我らダークエルフの未来をよろしく頼む」

「任せておけ。あの長の〝弱点〟はすでに把握済みだ」

「えっ?」

どういうことかと目を丸くするエイシスたちに背を向けつつ、俺はぴのこにこう言ったのだった。

「しばらくしたらこっそり様子を見に来るといい。屋根の中央に親指ほどの透過スポットがあるのでな」

「え、ええ、分かりました。でもその、大丈夫ですか……？」

「無論だ。今こそ見せてやろう。ああいう気の強い女は尻が弱いということをな」

「……あの、なんか途端に見に行く気が失せたんですけど……」

そうして俺たちは《ＭＭ馬車号》に乗り込んだのだが、

――がしっ！


「ぐっ⁉」

扉が閉まった瞬間、俺はアルティシアに首を掴まれ、片手で持ち上げられていた。

「馬鹿め。スキルを使わせなければ妾と対等になれるとでも思っていたのか？　自惚れるなよ、人間。妾くらいになれば魔力のみで己が肉体を強化することなど造作もないわ」

「なるほど……っ。これは失態だ……っ」

「クックックッ、今さら嘆いても遅いわ、愚か者めが。さて、どうしてくれようかのう？　この妾を散々コケにしてくれたのじゃ。当然、その報いを受けてもらうわけじゃが……ああ、そうじゃ。あの小娘どもを貴様の目の前で辱めてくれようか。そうじゃそうじゃ、それがよいわ。そうして散々絶望を味わわせた後、貴様ともども四肢を切り落として豚の餌にでも――」

と。

――ふおんっ。

「してくれよう……って、なんじゃこれは⁉　な、何故妾が縛りつけられておる⁉　き、貴様、一体妾に何をした⁉」

天井から吊すように両手を上げ、かつ亀甲縛り状態で拘束されているアルティシアに、俺は大きく嘆息して言った。

「……あんたは本当にどうしようもない女王さまだな。もう少しまともだったならば、手加減の一つでもしてやろうかと思っていたのだが、どうやらその必要はなさそうだ」

「な、何を申しておる⁉　そ、それより我が問いに答えぬか、この痴れ者め⁉」

「まあ落ち着け。別に大したことなどしていない。ただ時を止めてあんたを縛り上げただけだ」

「時を止めた、じゃと……っ⁉　ば、馬鹿な⁉　そ、そんなことできるはずがない⁉　そもそもこの中でスキルは使えぬはずじゃ⁉」

「そうだな。だがそれはあんただけの話だ。俺は普通に使える」

「なん、じゃと……っ⁉」

「悪いな。さっき見せたのは性的絶頂中に放つと二重の意味で昇天させられるという即死スキルだ。ゆえにあのエルフには通じなかった。それをあんたがただ勘違いしただけの話だ」

「くっ、卑怯な……っ」

ぎりっと唇を噛み締めるアルティシアに、俺は「……卑怯？」と小首を傾げながら言った。

「それをあんたが言う資格はないだろう？　端から話し合う気などなかったのだからな。そして俺はそれを見越して策を講じていただけのこと。単に俺の方が一枚上手だったというだけの話だ」

「おのれ、この醜い豚風情がッ！」

「ふ、ではその豚風情があんたをさらに醜いメス豚にしてやろう」

――さわっ。

「ひゃうんっ⁉　き、貴様、一体何を……っ⁉」

「ほう、軽く撫でただけでこの反応か。あんたに〝尻〟の素質があるということは俺の《パネルマジック》がすでに見抜いている。よもや厳格なハイエルフさまの弱点が〝尻の穴〟だとは誰も思うまい」

「ち、違っ……⁉　わ、妾はそのようなことなどしておらぬ⁉」

「ほう、自覚ありか。ならば話は早い。何故ならここは完全防音の密室――たとえどれだけ痴態を晒そうが誰にも聞こえず、見えもしないのだからな。まあ向こうの姿は丸見えだが、あんたの場合はその方が興奮するのだろう？」

「ま、まさか貴様……っ⁉」

「ふ、では大いに楽しもうではないか、高貴なるエルフの女王よ。あんたの大好きな〝わからせ〟のお時間だ」

「くっ、ふざけたことを……っ。そんなに妾の肉体を貪りたいか！　下賤な人間風情の考えそうなことじゃな！」

　牙を剥き出しにしてアルティシアが吼える中、俺は泰然と腕を組んで言った。

「何を言っている？　俺は別にあんたを無理矢理犯そうなどとは考えておらぬ。それではあんたの言う〝下賤な人間風情〟となんら変わらぬからな。ゆえに俺がするのは――」


　――バシンッ！


「あひいっ⁉　な、何をして……っ⁉」

「ただの〝お尻ぺんぺん〟だ。仕置きの定番と言えばこれだろう？」

　――バシンッ！

「ひゃあんっ⁉　く、うぅ……」

「どうした？　顔が赤いぞ？　熱でもあるのか？」

　つー、と真っ赤に染まった耳を熟練のフェザータッチで撫でてやる。

「ひあぁ♡　や、やめ……そ、そこは……はあんっ♡」

　びくびくと身悶えしているアルティシアに、俺は「なるほど」と頷いて言った。

「どうやら相当な好き者のようだな。完全防音と分かった途端これか」

「な、何を申して、おる……っ。わ、妾がこうなっておるのは、ぜ、全部貴様のせいじゃ……っ」

　息も絶え絶えに睨みつけてくるアルティシアの後ろに回り、三度その美尻の音を室内に響かせる。

――バシンッ！

「あへえっ⁉」

「そうだな。確かにこれは俺のせいだ。ゆえにあんたがはしたない声を上げてしまうのは仕方のないこと。たとえドレスの上から分かるほど乳首を充血させ、ショーツでは受け止めきれぬほど股ぐらを濡らしていたとしても、それは全部俺のせいだ」

「そ、そうじゃ……っ。ゆ、ゆえに妾は決して屈してはおらぬ……っ。たとえどのようなことをされようと、妾は絶対に貴様などには屈せぬ……っ」

「ふ、そうか。ならばもっと快楽に悶えさせてもよいということだな？　言っておくが、俺はまだ尻を叩いただけだぞ？」

「ふ、ふん、好きにするがよい……っ。たかが人間如きの責めなど屁でもないわ……っ」

　口ではそう言いつつもどこか期待したような雰囲気を漂わせるアルティシアに、俺はふっと口元に笑みを浮かべて言った。

「よかろう。ならばまずは手始めに、お前の熟れた身体を皆に見てもらうとしようか」

「な、何を申しておる……？　この鏡はこちら側からしか見えぬはずじゃ……」

「さあ、それはどうだろうな。俺の気分次第で見えるやもしれぬぞ？」

「な、なんじゃと⁉　お、おい、ちょっと待て⁉　ふ、服を脱がせるでない⁉　そ、そのようなことをしたら皆に……ああっ⁉」

　手枷以外の拘束を解き、トップレス姿にしたアルティシアを後ろから大開脚させ、その痴態を外の皆に見せつけてやる。

当然、マジックミラーゆえ向こうからはまったく見えていないのだが、それを知らぬアルティシアにとっては恥辱の極みだったらしく、悔しそうに顔を真っ赤にしていた。

「はあ、はあ……」

それとは別になんとも熱い吐息を漏らすアルティシアの姿に、「やはりな」とある確信を得る。

どうやらこの娘、露出癖も持ち合わせている生粋のドMらしい。

ドレスを脱がせる際も一切抵抗しなかったどころか、ショーツは透け透けのTバックな上、この高ぶり具合だ。

恐らくは〝ハイエルフの女王〟という厳格な肩書きが想像以上に窮屈なものだったのだろう。

ゆえにその真逆のこと――つまりは人知れず尻遊びに興じ、自らのメス豚化した姿を見ることで反抗というよりは鬱憤(うっぷん)を晴らしていたのやもしれん。

なんなら俺のような男に汚されたい願望もあるとみた。

だがそういうことであれば話は早い。

「ほう、なかなか頑張るではないか。驚いたぞ」

「と、当然じゃ……。この程度……んっ……屁でもないわ……」

びくびくと今にも達してしまいそうなアルティシアの臀部(でんぶ)にパンツから飛び出した息子を当てつつ、俺は少々残念そうに言った。

「ふむ、しかし困ったな。これ以上の責めとなると、もうこいつでひたすら突き上げるしかないわけだが、さすがの俺もそこまで鬼畜ではないのでな。この辺でやめるとしよう」

「な、なんじゃと……っ⁉　き、貴様、本気で申しておるのか……っ⁉」

驚きと失望がない交ぜになったような表情で問うてくるアルティシアに、「無論だ」と頷いて告げる。

「言っただろう？　俺は別にお前を無理矢理犯すつもりはないと。ゆえにここまでだ」

「そ、そんな……」

だが、と俺は続ける。

「お前が望むのであれば続けるのもやぶさかではない。たとえ俺の剛直を受け入れたとしても絶対に堕ちぬ自信があるというのであればな」

ドンッ！　とはち切れんばかりに反り勃った剛直を股の下から見せつけるように言うと、彼女はそれをごくりと固唾を呑み込んで見やった後、声を張り上げて言った。

「と、当然じゃ！　そ、そんな粗末なものなど入っておるのかも分からんわ！」

「ほう？　ならば試しても構わんのだな？」

「い、いいから早うせぬか！　そ、それとも今さら臆したとは申さぬじゃろうな⁉」

「まさか。だが今のままでは下着が邪魔なのでな。手枷を外してやるから自分で脱ぐがよい」

「な、なんじゃと⁉」

「当然だろう？　俺はこのとおり両手が塞がっているのだ。ならばお前が自分で脱ぐしかあるまい――外のやつらに見せつけるようにな」

「く、う……っ。そ、そのようなはしたない真似など……っ」

「できぬか？　まあそれならばそれでもよいのだが……ところでお前は生娘ではないのだったな？」

「な、何故それを知っておる⁉」

驚愕の表情で振り返ったアルティシアに、「さてな」とはぐらかすように言う。

「だがプライドの高いお前がそこら辺の男に抱かれるというのは少々想像しがたい。であれば考えられるのは一つだ。――お前、〝玩具〟を使っただろう？」

「――っ⁉」

ぎくり、と顔から血の気を引かせるアルティシアに、俺は優しい声音で言った。

「案ずるな。何も言いふらそうというわけではない。ただ玩具では物足りなかっただろうなと思っただけだ」

「な、何を申しておる……？」

「言葉通りの意味だ。所詮あれらは形を模しただけの紛い物――その熱さや脈動までは再現できぬ」

つまり、と再びはち切れんばかりの剛直を彼女の股の下から見せつけるように言った。

「こいつを挿れた時の快楽には遠く及ばぬということだ」

「～～っ⁉」

かあっと耳まで真っ赤にし、アルティシアが再度呼吸を荒くする中、俺はその耳元で囁くように言った。

「決めるのはお前次第だ、アルティシア。何度も言うが、俺はお前を無理矢理犯すような真似だくる。
　ぱっと手枷を光の粒子に変えながら外してやると、アルティシアがだらりと俺に体重を預けて
分で挿れろというだけの話だ」
別に難しく考える必要はない。ただ腰が抜けるほど気持ちよくなりたいのであれば、こいつを自
けは絶対にせぬ。だがお前が自ら望むというのであれば、ママとして最高の快楽を与えてやる。

「はあ、はあ……」

　その日は虚ろで、相変わらず熱い吐息を漏らし続けていた。

　そんな彼女に、俺はダメ押しの一言を告げてやる。

「よかろう。ここまで頑張った褒美だ。お前の大好きな尻の穴にもたっぷりとこいつをくれてや
る。本当はずっとこいつに犯されたかったのだろう？」

　そう問うと、アルティシアは切なげな表情でこちらを見上げた後、こくりと静かに頷いた。

「よし、ならばお前のすべきことは分かるな？」

「……」

　こくり、と再度無言で頷いた後、アルティシアはゆっくりとショーツの紐を外し、秘部を手で
隠しながら観衆の前に生まれたままの姿を晒す。

「ふ、別に隠す必要はなかろう。向こうからは見えてはおらぬのだからな」

「じゃ、じゃが……」

「案ずるな。お前の美しい身体は俺だけのものだ。決して他の男になど見せはせぬ。ゆえに心ゆ
くまで乱れるがよい。今のお前はエルフの女王ではなく俺のママなのだからな」

「あぁ、主さまぁ……んっ、ちゅっ……」

恍惚の笑みを浮かべながら俺に全てを晒した後、アルティシアの方から口づけを交わしてくる。

「熱い……。これが主さまの……あっ♡」

そして彼女は自らの手で剛直をその濡れそぼった蜜壷に誘い、ぬぷりと先端部を呑み込む。

「ふ、いい子だ。ならば――ふんっ！」

「おほおおおおおおおおおおおおおおおおおおおおおおおおおおっっ♡♡」

その瞬間、アルティシアは色々なものを撒き散らしながら盛大に果てた。

溢れる愛蜜が潤滑油となり、あっという間に根元まで咥え込んでしまったのだ。

「ふむ、挿れただけで達してしまったか。まあ散々焦らしてやったからな。それも当然と言えば当然だろう。だがあいにくと本番はこれからだ」

――ずずんっ！

「んおおおおおおおおおおっ♡　こ、これしゅごっ、お、おかしくにゃりゅうううううううううううっ♡」

さっきまでの威勢はどこへやら、軽く突き上げてやっただけで、アルティシアはアヘ顔を晒しながら快楽に悶えていた。

「ふ、喜んでもらえて何よりだ。ほら、馬車が揺れ始めたことでエルフたちも何ごとかと小首を傾げているぞ？　女王さまらしくダブルピースで状況を説明してやったらどうだ？」

「しゅ、しゅごいのおおおおおおおおおおおおおっ♡　しゅ、しゅごいおおきいのでごりごりしゃれて、わりゃわイってりゅのおおおおおおおおおおおおおおおっ♡♡」

ぷしゃあっ！　と幾度も愛蜜交じりの透明な液体を撒き散らしながらアルティシアが連続で絶頂を迎える。

おかげで馬車内が大変なことになっているが、まあそれだけ堪能してくれているということだろう。

「よし、そろそろ俺もイクぞ……っ。我が子種で孕むがよいッ！」

——ずぱんっ！

「あへえええええええええええええええええっ♡　あ、あちゅいのがでてりゅうううううううううううっ♡　わ、わりゃわのにゃかでじゅしぇいしてりゅうううううううううううううううううっ♡♡」

びくびくと身体を震わせた後、アルティシアが呼吸を整えながら再び体重を預けてくる。

「ふ、音を上げるのはまだ早いぞ。ここからが本当の種付けなのだからな」

ゆえに俺はゆっくりと彼女を床に寝かせた後、その上に覆い被さって王道の種付けプレスへと移行する。

——ずりゅりっ！

「んおおおおおおおおおおおおおおおおおおおっ♡　た、たにぇちゅけしゅごいいいいいいいいいいいいいいいいいっ♡」

「ああ、そうだろうとも……っ。だがただプレスするだけでは芸がない……っ。その豊満なる乳房——存分に味わわせてもらうぞ！」

「はへえええええええええええええええええええっ♡　お、おっぱいしゅわりぇてりゅうううううううううううっ♡　あ、あるじしゃまにおっぱいしゅわりぇて、わりゃわまたいっぱいイっちゃうううううううううううううっ♡♡」

「ぬう、俺の精を搾り取ろうとするか……っ。よかろう……っ。ならば存分に受け取るがよいッ！」

「おっほおおおおおおおおおおおおおおおおおおおおおおおっ♡♡」

がくがくと身体を痙攣させながら、アルティシアが何度目かも分からない絶頂を迎え、俺もまた彼女の最も深い場所に大量の精を吐き出す。

ともすれば母乳を噴き出しそうなほどの激しい絶頂ではあるものの、さすがにそこまでは望めないようだ。

まあ楽しみはあとに取っておけばよいだろう。

「……ふう。実に吸い応えのあるよき乳房だ。それに――」

「ひゃあんっ♡」

「乳自体の感度も申し分ない。まったくいやらしい女王さまだ。次に会った時はこのいやらしい乳を存分に弄り倒してやるゆえ、せいぜい楽しみにしておくがよい」

「は、はいぃ……♡」

熱っぽい視線で頷くアルティシアに「愛いやつだ」と笑みを浮かべていると、彼女はそのまま尻を突き出して懇願するように言った。

「あ、あるじしゃまぁ……♡」

「ふ、そうだったな。ならば望み通りそのはしたなくヒクついているケツ穴にも褒美をくれてやるとしよう。――ふんっ！」

「くはああああああああああああああああああああああっ♡」

よほど日頃から弄くっているのか、彼女の尻は俺の剛直を一呑みにしてしまった。

無論、衛生面に関しては問題ない。

種付けおじさんたる俺の一物はいかな状況でも種付けできるよう常に清浄な状態に保たれるようになっているからだ。

「おほおおおおおおおおおおおおおっ♡　お、おしりしゅごいいいいいいいいいいいいいいいいいいいいいいいいいいいいいいっ♡」

「やれやれ、高貴なハイエルフさまがとんだメス豚になってしまったものだ。だが俺はそんなお前を心より好ましく思うぞ、アルティシア。ゆえに〝達人〟とまで呼ばれた俺のスパンキングテク――つまりは〝ケツドラム〟を披露してやろう」

――ばしんっ！

「んほおおおおおおおおおおおおおおおおおおおおおおおおおおおおおおおおっ♡♡」

本日一番のアヘ顔を晒しながら、アルティシアは快楽に身悶えしていたのだった。

◇

その少し前のこと。

「お、おい、なんか馬車が揺れ始めたぞ？」

「まさかアルティシアさまの御身に危機が……っ⁉」

「だ、誰か様子を見に行った方がいいんじゃないか？」

突如上下左右に揺れ始めた馬車にエルフたちが困惑する中、ぴのこは一人（始まっちゃったかぁ～……）と黄昏れたような顔をしていた。

あのクソ生意気なハイエルフに引導を渡せたのは何よりだが、このままでは杞憂を抱いたエルフたちが途中で突入しかねない。

ゆえにぴのこは仕方ないとばかりに嘆息した後、その場にいた全員に向けて言った。

「落ち着いてください。あれは走行時の馬車を如実に再現するためのもの。適度な振動を加えることでリラックス効果を生んでいるのです」

「な、なるほど」

「確かに言われてみれば馬に牽かれている状態と同じだな」

「アルティシアさまを気遣ってということか。ふむ、卑しきオーク……ではなく人間にしてはなかなかに気の利くことだ」

どうやら納得してくれたらしい。

とはいえ、あれ以上激しく揺れられたらさすがに怪しまれる。

「ちょっと様子を見てきますね」

「ああ、分かった」

エイシスが頷いたことを確認した後、ぴのこはぱたぱたと空を飛び、馬車の屋根へと降り立つ。

「えっと、確かこの辺りに……あ、あった」

そしてあらかじめゲンジに教えられていたとおり、親指ほどの透過スポットを見つけたぴのこは、すこぶる気は進まなかったものの、現状確認のため仕方なく中を覗き込む。

『～～～～～～～～～～～～～～～～～～っ♡』

「……」

と同時にちょっと目を疑う光景を目の当たりにして思わず天を仰ぐ。

これはあれだなー……。

ちょっと皆さんにはお見せできないタイプのやつだなー……。

「てか、何してるんですかあの人たちは……」

がっくりと肩を落としつつ、ぴのこは再度中を覗く。

『～～～～～～～～～～～～～～～～～～～っ♡♡』

たぶん〝んほー〟とか〝あへー〟とか〝しゅごいのー〟みたいな声を上げているのだろう。

シンディの時もそうだったのでほぼ間違いないとは思うのだが、問題は何故皆の方に向けて見せつけるかの如くダブルピースで大開脚しているのかである。

いや、まあそういう趣向の方々も間々いるので別にお好きになさればよろしいのだが……。

「って、あーそこはおトイレじゃないのに……あーあーこれは酷い……。うわぁ～……高貴なハイエルフさまがなんて顔を……あーそんな恥ずかしい恰好までしちゃってまあ……あーあ……。てか、おじさまはおじさまで何してるんですかあの人は……」

まるで和太鼓奏者のような漢らしさで激しいケツドラムをしているゲンジの姿を見ながら、ぴのこはなんかもう死んだような顔になっていたのだった。

そんなこんなで激しい一戦を終えた俺は、すっかり従順になったアルティシアを胸に抱きながら事後の余韻に浸っていた。

さて、問題はここからである。

たとえこれでアルティシアがダークエルフたちへの不当な扱いをやめるよう皆に告げたところで、根本的な解決にはならないだろう。

むしろ俺に籠絡されたのではないかと疑い、今度は彼女自身が排斥される可能性が極めて高い。

となれば解決方法は一つだ。

何よりも〝清らかさ〟を重視するエルフだからこその攻略法。

――そう、ハイエルフであるアルティシア以上の〝聖なる存在〟による神秘の顕現。

つまりは――。

「アルティシア、お前に一つ頼みたいことがある」

「うむ、なんなりと申してみよ。我が愛しき主さまの頼みじゃ。全霊を賭して叶えてみせようぞ。……じゃからその、あとでまた〝ご褒美〟をじゃな……」

「ふ、よかろう。まったく、愛いやつよのう」

◇

『……』

ざわざわと里の広場に集められたエルフたち（俺たちはダークエルフらとともに最後尾）が何ごとかと困惑する中、壇上に立ったアルティシアが声を張り上げて言った。

「我が愛しき同胞たちよ！　妾は先の会談の折、紛う方なき〝奇跡〟を目の当たりにした！　そう、この世界を統べる女神――〝ニケ〟がその御姿を現したのじゃ！」

『――っ⁉』「……えっ？」

何も知らないぴのこが文字通り目を点にしながらこちらを見やる。

だが説明している時間はないので、申し訳ないがこのまま押し通させてもらうことにした。

「ニケは仰った！　今すぐ無益な争いをやめ、里の者たちを全て広場に集めよと！　ゆえに妾はそのご意思に従い、急遽そなたらをここに集めることにした！　――見よ！　あれこそが我らを創造せし女神――〝ニケ〟の御姿なるぞ！」

そう言ってアルティシアが天を指差した瞬間、俺は人知れず幻術スキルを発動させる。

「――《VRニケ》！」

するとばさりと羽音を響かせながら空中に純白の翼を持つ巨大な美女が姿を現し、エルフたちに慈しみの視線を向けた。

そう、あの時見たぴのこの元の姿だ。

「ちょ、ちょちょちょっと⁉」

当然、ぴのこがどういうことかと抗議の視線を向けてきたので、俺は「すまんな」と一言謝罪して言ったのだった。

「この事態を終わらせるにはこれしかなかったのだ。ゆえにお詫びとしておっぱいを五倍盛りにしておいた。どうかこれで許してくれ」

「あの、気遣いもやりすぎると余計なお世話になるって知ってます？」

そうして女神ニケ（おっぱい五倍盛り）のありがたいお言葉を受けたエルフたちは、今までの横暴な行いを反省し、揃ってダークエルフたちに謝罪した。

当然、長年不当な扱いを受けてきたダークエルフたちにしてみれば、ちょっとやそっとの謝罪で積もり積もった恨み辛みが晴れるはずもなかったのだが、そこは女神パワーでなんとかしておいた。

　具体的には〝ダークエルフの里をつくれ〟と神託を下したのである。

　元々彼らは魔力よりも身体能力に重きを置いたエルフ（ぴのこ談）らしく、それを活かした里づくりをした方が何かと自由に生きられるだろうと説き伏せたのだ。

　もちろんその際は力仕事が必要になるので、オークを従えた俺が協力する旨も女神の口から伝えた。

　まあさすがに今の代で全てのわだかまりをなくすことは不可能だからな。

　互いの種族を尊重することを後世に伝えながら、少しずつ時間をかけて分かり合っていこうという話だ。

「……まあとりあえず丸く収まったのは何よりなんですけど、あの《ＶＲニケ》とかいうの一体なんなんです？」

　女神ニケが満足げに去っていった後、ぴのこが半眼で問いかけてくる。

　なので俺は腕を組み、神妙な面持ちで言った。

「無論、自家発電用のアダルト幻術だ。ゆえに乳のでかさも自由自在よ」

「いや、〝自由自在よ〟じゃないんですよ……。問題は何故そのアダルトなやつのモデルが私なのかって話なんです……。というか、私の名前がついている以上、固有スキル化してるじゃないですか……」

「違うぞ、ぴのこ」

「えっ？」

「〝モデル〟ではなく〝女優〟だ」

「そのこだわりは死ぬほどいらないですね……」

その夜、エイシスの家にて。

「なるほど。まずは候補地探しというわけか」

「ああ。他の皆とも話し合ったのだが、里をつくるとなるとかなり大がかりな作業になるからな。知らぬ間に人の領域に足を踏み入れている場合もあるし、慎重に物事を進めねばという結論に至ったのだ」

「そうか。だが初めての土地に行くとなると何かと大変だろう。この近くで里をつくるというのはダメなのか？」

「いや、ダメというわけではないのだが、あまり近いと食料や素材の取り合いなどで揉める可能性があるからな。できればもう少し離れた場所の方がいいのではないかと考えている」

「ふむ」

確かに一応の和解はしたが、そういう小さないざこざが余計な対立に繋がったりするからな。

火種になるような要素はできるだけ排除しておいた方がいいだろう。

「どこかいい場所があればいいんですけどねぇ～」

もちゃもちゃと果物を頬張りながら頭を悩ませるぴのこに、エイシスがふふっと笑って言った。

「まあ気長に探すさ。あなたたちには返しきれないほどの恩があるからな。これ以上甘えるわけにはいかぬよ」

「ふ、礼を言うのは早いぞ、エイシス。俺のお節介はまだ終わってはいないのだからな」

「えっ？　だ、だが私たちはもう十分……」

「いいや、まだだ。俺はきちんとあなたたちが平穏に暮らせる様を見届けねば気が済まぬ。初めからそう決めていたのだ。だからどうか最後までわがままを押し通させてくれ」

「ゲンジ……。本当にいいのか……？」

「ああ、もちろんだ。必ずやあなたたちが幸せに暮らせる場所を探し出すと約束しよう。ゆえにそれが叶った暁には――」

そこで俺はエイシスの手を取って言った。

「――俺の子を産んではくれないか？」

「えっ⁉」

当然、驚いたように赤面するエイシスに、ぴのこが相変わらずもちゃもちゃと食いながら言った。

「あ、別に断ってくれちゃって全然いいですからね？　この人、全種族ハーレムを作ろうとしているとってもえっちなおじさまですから」

が。

「……私で、いいのか？」

「……へっ？」

ぽろり、と果物を落とすぴのこ。

「ああ、もちろんだ。むしろあなたでなければダメなのだ。……産んでくれるな？」

「……」

——こくり。

「よし、ならば今夜は寝かさぬから覚悟しておけ。オールナイトプレスだ」

「……うん」

「い、いやいやいやいやいや⁉　〝オールナイトプレスだ〟じゃないですよ⁉　なんで今から一戦交えようとしてるんですか⁉　里の候補地を探してからでしょう⁉」

「そうだな。確かにあなたの言うとおりだ——が、もう我慢できぬ！」

——クワッ！

「えぇ……。そんな劇画調みたいな顔で押し切られても……」

ぴのこが顔を引き攣らせる中、俺は「いざゆかん！」と戦士の顔でエイシスとともに寝室へと向かっていったのだった。

◇

そうして月明かりだけが室内を柔らかく灯す中、俺はベッド上でエイシスを後ろから抱き締めるような形で座っていた。

正直、こんな美女が種付けを受け入れてくれた時点で本能の赴くままに怒濤のプレスへと突入したかったのだが、生娘である彼女にそれは酷だからな。

今もかなり緊張しているようだし、まずは心身ともにリラックスさせねばなるまい。

「ふ、クッションみたいでなかなかよいものだろう？」

「そうだな……。あなたの身体はとても温かくて安心する……。できればずっとこうしていて欲しいとすら思うほどだ……」

「そうか。ならばあなたの気が済むまでこうしていよう。夜はまだまだ始まったばかりなのだからな」

「うん……。ところでその、あなたは今私に欲情しているということでよいのだろうか……？」

恐らくは背中越しに我が子の感触が伝わっているのだろう。

どこか恥ずかしそうに上目を向けてくるエイシスに、「無論だ」と頷いて言った。

「あなたのように魅力的な女性と触れ合っていれば猛りもするというものぞ」

「そう、なのか……？　私は見てのとおり色気のない女なのだが……」

「何を言っている？　あなたは野性的な色香に溢れた最高にいい女だぞ。もっと自分に自信を持つがよい」

「そ、そうか……。それはその、ありがとう……」

「うむ。確かに色香という点で言えばアルティシアに軍配が上がるやもしれぬ。だがそれは彼女がそう在ろうとしているがゆえ当然のこと。逆に言えば、アルティシアにはあなたのような野性的な魅力は絶対に出せぬのだ。そもそも彼女は自ら狩りに出向いたりはしないだろう？」

「ああ……。それは我らダークエルフの仕事だったからな……。まあおかげで身体中傷だらけの上、このとおり腹筋まで割れてしまったのだが……」

ふっと自嘲の笑みを浮かべるエイシスに、俺は優しい声音で言った。

「そうか。ならばアルティシアに感謝せねばなるまいな」

「えっ？」

「俺はな、エイシス。あなたと初めて会った時、ただただ〝美しい〟と思った。木の上から勇ましく弓を構えるあなたの姿に思わず見惚れるほどにな。だから言ったのだ、〝麗しきエルフの娘よ〟と。そしてその気持ちは今も変わってはおらぬ。あなたは俺にとって最高に美しくいい女だぞ、エイシス」

「～～っ⁉」

そう告げた瞬間、エイシスの顔がかあっと真っ赤に染まり、彼女は恥じらいを隠すかのように両手で顔を覆う。

「ふむ、しかも仕草まで可愛いから困ったものだ」

「ちゃ、茶化すのはよしてくれ……。私は恥ずかしくて死にそうだ……」

耳まで真っ赤にしたエイシスにふっと口元を和らげた後、俺は彼女を抱き寄せて言った。

「茶化してなどおらぬ。俺はただあなたの可愛い顔をもっと見せて欲しいだけだ。……構わぬな？」

「……うん……ちゅっ……んっ、ああっ♡」

そうして俺はエイシスと口づけを交わしながらビキニのようなトップスの紐を外し、その豊満な乳房へと手を伸ばす。

柔らかくも張りのある実によい乳房だった。

すでに乳首は充血していたため、俺は身体をほぐす意味合いも込めて重点的に乳周りを優しく愛撫しながら腰巻きなどを脱がせていく。

《パネルマジック》でも彼女の性感帯が〝乳〟だというのは把握済みだからな。

生娘であればなおのこと、こういうところから責めていくのがよいだろう。

「や、そんな赤ちゃんみたいに……んああっ♡」

びくびくとエイシスが何度も身体を痙攣させる中、俺は相変わらず赤子のように乳を堪能しつつ、流れるような動作でショーツ代わりになっていたボトムスの中にも手を伸ばし、その濡れそぼった秘部にさらなる刺激を与える。

「んんんんんんんんんんんんんんんんっ♡♡」

すると数秒も経たないうちにエイシスの背筋が反り、彼女は肩で大きく息をしながら脱力した。

よもやこんなにも早く達してしまうとは思わなかったが、どうやらかなり敏感な体質のようだ。

まことに喜ばしい限りである。

すでに身体の方は種付けされる準備ができているようだが、生娘である以上、もう少し前戯に時間をかけるべきだろう。

やはり重要なのは心身のリラックスだからな。

「あ、だめっ……や、ああっ♡」

ゆえに俺はしゅるりとエイシスのボトムスを剥ぎ取り、そのまま淫靡な香りを放つ彼女の下腹部へと顔を埋める。

「ま、待ってくれ……んっ♡　そ、そこは汚いから……は、あっ♡　な、舐めちゃだめぇ……あ、んんっ♡」

「……ふむ。しかしあなたのここはそうは思ってはいないみたいだぞ？」

「んああっ♡　そ、それはあなたがそんなに……あっ♡　き、気持ちよくさせるから……や、ふわあっ♡　は、ああんっ♡」

シーツをぐっと握り、エイシスが右に左に身体を捩りながら悶える。

その間にも彼女の秘部からは愛蜜が溢れ続けており、俺の剛直を受け入れるには十分すぎるほど潤っていたのだが、リラックスという意味合いではまだもう少し愛撫が必要だろう。

ならば、と俺はさらにフェザータッチを併用し、太ももから臀部、臀部から腹を経由して再び乳房へと辿り着く。

「そ、そんな同時に……あ、あああああああああああああああああああああああああああああああっ♡♡」

そしてきゅっと両乳首を摘まんでやった瞬間、エイシスは嬌声を上げながら二度目の絶頂を迎えた。

「はあ、はあ……」

ぐったりと脱力し、火照った顔のまま呼吸を整えているエイシスを見下ろし、そろそろいい感じに身体もほぐれてきたのではないかと思っていた俺だったのだが、

「……た、頼むからそんなに意地悪しないでくれ……」


「！」

どうやら焦らされていると思われていたらしい。

別にそんなつもりは毛頭なかったのだが、確かに先ほどからずっと何かをして欲しそうにもじもじしていたからな。

いい加減、我慢の限界だったのだろう。

「ああ、すまない。エイシスがあまりにも可愛かったものでついな。リラックスさせるついでにその反応を見たくなってしまったのだ」

「だ、だからそういうことを言わないでくれ……。恥ずかしいんだ……」

ふむ、本当に可愛いな。

そんな顔をされたら、思わずこちらの理性が決壊してしまいそうになるではないか。

「ではそろそろいくぞ、エイシス。少しだけ痛いやもしれぬが絶対に無理はさせぬゆえ、安心して身を任せるがよい」

「うん、分かった……。だがその、できればぎゅっと抱き締めながらしてもらえるだろうか……？　あなたの温もりがないと不安なんだ……」

「ああ、承知した。案ずることはない。俺はずっとエイシスの側にいる」

「うん、信じてる……んっ、あ、熱いのが入って……あ、あああああああああああああああああああああああああああああああっ⁉」

四肢を使って一層強く抱きついてくるエイシスに合わせるよう、俺も彼女を力強く抱き締めながら破瓜の痛みが落ち着くのを待つ。

俺の一物が本当にマジカルチ〇ポになっているのならば、痛みを即座に快楽に変える効果もあるはずだからな。

そうなることを信じ、俺はエイシスに優しく声をかける。

「大丈夫か？」

「う、うん……。さっきまでは少し痛かったが、今はもう大丈夫だ……。それよりその、私は今あなたの女になったのだな……？」

「ああ、そうだ。そしてこれからそれを確かなものにするべく、夜通しであなたの身体に俺のプレスの味を覚え込ませる。他の男のことなど一切考えられなくなるくらいにな」

「……うん。二度と忘れないようたっぷりと刻んでくれ……。そして私をあなた色に染めて欲しい……」

「ふ、よかろう。ならば――ふんっ」

「ひああっ♡　や、そんな……あっ♡　い、いきなり激しく……あ、んっ、あっ♡」

やはりマジカルチ〇ポの影響か、すでに痛みなど微塵も感じさせないほどの嬌声を上げるエイシスに、思わず腰を打ちつける速度も上がっていく。

「や、ん……あっ♡　ま、待って……あっ……こ、こんなの……は、ああっ♡　あっ♡　だ、だめぇ……あっ♡　ん、あんっ♡　や、また……あ、イって……あっ♡　あっ♡　ああああああああああああああああああああああっ♡♡」

「ぬう……っ」

その瞬間、剛直がもの凄い勢いで締めつけられ、俺もまた彼女の奥底に大量の子種を吐き出しながら果てる。

「はあ、はあ……えっ？　んああっ♡　や、すごっ……あっ♡　き、気持ちいい……あ、はあんっ♡」

だが休んでいる時間が惜しい俺は彼女を抱き起こし、今度は対面座位でその身体を堪能する。

「んちゅっ……れろ……んっ……あっ♡　や、あんっ♡　あっ♡　んっ……す、吸ってくれ……あっ♡　わ、私のおっぱい……んんっ♡　も、もっと強く吸ってくれ……あっ、いいっ♡」

ぎゅっと俺の頭を抱え込み、そう声を張り上げるエイシスの乳を望み通り強めに吸いつつ、俺は彼女と激しく腰を打ちつけ合う。

「んあああああああああああああああああああああああっ♡♡」

そうして四度目の絶頂を迎えたエイシスだったが、彼女は俺がまだ達していないと知るや、「んっ……」と口づけしながら俺を押し倒し、その上に跨がって自ら腰を動かし始める。

「ど、どうだ……？　んっ……き、気持ちいいか……？」

「ああ、最高だ……っ。それにあなたはとても綺麗だぞ、エイシス……っ」

エイシスは自分を〝色気がない〟と卑下していたが、その鍛え上げられた肉体はまるで彫像のように美しく、しかも月の光を浴びた銀の髪が宝石のように輝いていていて、比喩抜きで女神かと思ったくらいだ。

「やだ、恥ずかしい……あっ、深い……♡」

その上、クールな彼女の恥じらうような顔がまた俺の情欲をそそり、これで色気がなかったら一体〝色気〟とはなんなのかと疑問を抱くレベルであった。

「エイシス……っ」

「あ、ま、待って……んんっ♡　い、今は私が……あっ♡　や、それだめぇ……あっ♡　そ、そんなに激しくされたら私……ああんっ♡　ま、またイってしまう……あ、だめ、イク……い、イって……あ、んんんんんんんんんんんんんんんんっ♡♡」

――ぷしゃあっ！

「ぐっ、好きなだけ達するがよい！　そして俺の子を孕むのだッ！」

どぱんっ！　とすっかりエイシスの色香で種付けモンスターとなってしまった俺は、彼女を激しく突き上げながら自身も盛大に果てた後、

「……よし、次は後ろから突いてやる」

「はあ、はあ……うん……いっぱい気持ちよくして欲しい……」

「ああ、もちろんだ。――ふんっ」

「ひああああああああああああああああああああっ♡」

さらに体位を変えて今度は後背位で種付けを行う。

「ま、待って……んああっ♡　こ、これ、さっきよりも凄い……ふわあああああっ♡」

腰を打ちつける度にエイシスの豊満な尻がたゆんっとたわみ、乾いた音に交じって淫猥な水音が室内に響き渡る。

するとエイシスの喘ぎに変化が出始めた。

「へあぁ、あっ♡　だ、だめぇ……ん、おっ♡　へ、変な声出ちゃううぅぅ……♡」

「ふ、案ずるな……っ。それだけ俺たちの身体が溶け合っている証拠だ……っ。さあ、あなたの淫らな声をもっと俺に聞かせてくれ……っ」

「ふ、ぐぅ……おっ♡　んっ、いひぃ♡　あっ♡　や、らめぇ……あっ♡　き、気持ちよすぎておかしくなるぅぅ……ん、あっ♡　ま、また私……お、ほぉっ♡　す、凄いのきちゃううぅぅ……あ、だめだめだめだめだめだめえええええええええええええっ♡　んおおおおおおおおおおおおおおおおおおおおおおおおっ♡♡」

ぷしゃあっ！　とおほ声を上げながら愛蜜交じりの液体を撒き散らすエイシスを、俺は宣言通り朝までプレスし続けたのだった。

【六話】最高のナンバーワン

Tanetsuke Ojisan no isekai press Manyuki

そんなこんなで迎えた翌朝。

どう見ても寝不足気味なぴのこに「いや、限度ってものがあるでしょ⁉　一晩中おほ声聞かされた私の身にもなってくださいよ⁉」とめちゃくちゃ文句を言われた俺は、すまんすまんと謝りながら《即姫(そくひめ)》でシンディさんのもとへと向かった。

というのも、里の候補地に一つ当てがあったからだ。

だがそのためには、ここら辺一帯の領主である辺境伯殿に話を通さなければならなかったため、懐かしのルーファへと戻ってきたのである。

「久しいな、ゲンジよ。〝隻眼〟討伐の件、まことに見事であった。よもや黒竜を単独で倒せる者がいるとは思わなかったが、まさか貴殿がそれを成し遂げるとはな。さすがに耳を疑ったぞ」

「ふ、別に大したことではない。むしろ〝隻眼〟討伐最大の功労者は俺にこの鎧を授けてくれたお嬢さまだ。褒めるのならば彼女の慧眼を褒めてやってくれ。無論、褒美もとくにはいらぬ。すでに最高の鎧をもらっているのでな」

「そうか。相変わらず謙虚な男よな」

「……えっ？」

謙虚……？　とぴのこが納得いかなそうな顔でこちらを見やる中、俺は言った。

「ところで今日は領主殿に一つ頼みたいことがあって足を運ばせてもらった次第だ」

「ふむ、貴殿ほどの男が私に頼みときたか。いいだろう。私にできることであれば可能な限り力になろう」

「すまない。感謝する」

「いいや、構わぬ。して、貴殿の頼みとは一体なんだ？」

「うむ。実はダークエルフたちが新しい里をつくろうとしているのだが、その候補地として北の山はどうかと考えていてな。是非移住の許可をいただきたいのだ」

「ほう、それはまた面白いことに首を突っ込んでいるな。まあ貴殿らしいと言えば貴殿らしいのだが……。確かに北の山であれば自然も豊かゆえ、ダークエルフたちも気に入るであろう。最大の障害であった〝隻眼〟も排除された今、彼らを脅かす存在もいまい」

だが、と領主殿は両手を目の高さで組んで続ける。

「エルフの中でも希少種であるダークエルフがいるとなれば、心なき者たちの標的になる可能性が極めて高い。最悪、奴隷として売られる危険性もあるだろう。娘の一件でも分かったと思うが、私とて領地の全てを守り切れるわけではないからな」

「確かに。よほど強い抑止力でもない限り全てを守り切るのは不可能だろう。ゆえに今回は俺がその〝抑止力〟になろうと考えている」

「ほう？　ダークエルフたちとともに腰を据えると？」

「ああ。世間的にはそういうことにしようと思っている。言い忘れていたが、ここ数日で俺はオークたちを従えた上、エルフの女王とも親交を結んだのでな。その辺りを上手く使って領主殿には噂の流布をお願いしたい」

　それを聞いた領主殿は一瞬驚いたように目を丸くしたかと思うと、どこか楽しそうに笑って言った。

「なるほど。〝隻眼〟の一件でただ者ではないとは思っていたが、よもやそこまでとはな。さすが金札を蹴るだけのことはある」

「ふ、これでもシャイボーイなのでな」

「いや、どこの世界にこんな金ピカの鎧を着たシャイボーイがいるんですか……」

　ぴのこがそう半眼を向けてくる中、領主殿は「承知した」と頷いて言った。

「では貴殿の申し出通り、ダークエルフたちの移住を許可しよう。もちろん税などを課すことはせぬ。あくまでも友好的な関係でありたいからな。貴殿の噂に関してもギルドを通して滞りなく広めておくゆえ安心するがよい」

「すまない。何から何まで本当に感謝する」

　ぺこり、と揃って頭を下げる俺たちに、領主殿はゆっくりとかぶりを振って言った。

「いや、気にする必要はない。貴殿の働きに比べれば領地の一画など安いものだ。ところでその代わりと言ってはなんだが、私も一つ貴殿に頼みたいことがあってな」

「うむ、なんなりと言ってくれ」

「そう言ってもらえると助かる。実は聖都で〝不穏な動き〟があるとの報告を受けていてな」

「不穏な動き？」

「ああ。なんでも陛下が後妻として新たな妃を迎え入れて以降、税の引き上げや軍備の増強など、どうにもきな臭い動きが活発化しているようなのだ」

「なるほど。確か聖都には〝勇者〟とやらがいたはずだが、まさか彼女もこの件に絡んでいるのではあるまいな？」

「いや、勇者殿もさすがにおかしいと思ったのだろう。一連の件を陛下に直訴した際にその怒りを買い、今は謹慎状態にあるという」

「そうか。では俺への頼みというのは、主にその妃の調査というわけだな？」

「ああ、そうだ。それも――」

「領主殿の依頼と分からぬように、だろう？」

「……そのとおりだ。勝手なのは重々承知している。だが勇者殿でさえ謹慎を言い渡される事態であれば、私程度の首など即座に刎ねられてもおかしくはないだろう。無論、この身は祖国に殉じたものゆえ、それが陛下のご意思とあらば喜んで首を差し出す所存だ。が、恐らくそれだけでは収まるまい……っ」

　ぐっと悔しそうに唇を噛み締める領主殿に、俺は静かに頷いて言ったのだった。

「なるほど、承知した。ならば此度の一件、この俺に全て任せるがよい。そのハニトラ女は必ずやこのゲンジが種付けプレスしてくれようぞ」

「……すまぬ。もう貴殿しか頼れる者がおらぬのだ。どうかそのプレスとやらで国を、陛下を救ってくれ、ゲンジ……っ」

「応ッ」

「え、あれ？　これ真面目な話ですよね……？」

◇

　というわけで、領主殿から極秘の依頼を受けた俺は、せっかくなのでシンディさんにプレスしてからエルフの里へと戻り、エイシスに成果を報告する。

「何っ⁉　本当によいのか⁉」

「ああ、もちろんだ。確かに人の領域ではあるが、あそこは俺が〝隻眼〟と呼ばれていた黒竜を退治した場所だからな。その俺がエルフと同盟を結び、〝ダークエルフたちに手を出したら殺す〟とオークたちを従えて陣取っているとなれば、迂闊に手を出す者もいまい。安心して里づくりに励むがよい。オークたちにもそう伝えておこう」

「……すまない。あなたには本当に感謝している」

「ふ、気にするな。愛する女のためだ。むしろもっと頼ってくれても構わんぞ」

「ゲンジ……」

　――ちゅっ。

「いや、〝ちゅっ〟じゃないんですよ……。一応私もいるのでそういうのは控えてもらえませんかね……」

「おっと、すまない。確かに不公平だったたな」

「えっ？　――ひいっ⁉」

　がっしりと両手でぴのこの身体を鷲掴みした俺は、渾身のキス顔で彼女に迫ったのだった。

「ぎょえええええええええええええええええええええええええっ⁉」

――ちゅ～。

そうしてアルティシアにも三度ケツドラムしつつ、ダークエルフたちの手助けなどを頼んだ俺は、先ほどまで泡を吹いていたぴのこととともに聖都への道を柴犬の〝パン一武闘家スタイル〟で進んでいた。

そんな最中のこと。

ぴのこが嘆息しながら言った。

「まったく、えらい目に遭いましたよ……。あれがほっぺじゃなかったら思わず死んでいたところです……うっぷ」

「つわりか？」

「違いますよ⁉　仮にそうだったとしても、絶対おじさまの子じゃないんですからね⁉」

ぷいっと頬を膨らませながらそっぽを向くぴのこを愛らしく思いつつ、俺は神妙な面持ちで言った。

「ともあれ、今度の相手は〝傾国の美女〟か。なんだか〝九尾〟でも出てきそうな勢いだな」

「……ああ、そういえばおじさまの世界にはそのような魔物がいましたね。〝白面金毛九尾の狐〟――こちらで言うところの〝白竜クラス〟と言ったところでしょうか」

「白竜クラス？　竜は〝黒竜〟までじゃなかったのか？」

「いえ、シンディさんの説明にはありませんでしたが、黒竜のさらに上に〝白竜〟と呼ばれる強大な力を持つ竜が存在します。まあそこまで行くともう神獣レベルなので、人の手に負えるようなものではありませんけどね」

「ふむ、神獣レベルか。一応聞くが、この世界に〝九尾〟は存在するのか？」

「いえ、似たようなモンスターは確かに存在しますが、あのように高い知性を持ち、回りくどく人の世を乱すような神獣レベルの魔物は存在しません。なので今回の相手は恐らくサキュバス辺りの淫魔ではないかと」

「ほう、つまりは〝えっちなお姉さん〟ということか。なるほど、俺の領分だな」

　ふっと不敵な笑みを浮かべていた俺に、ぴのこが胡乱な目を向けて言った。

「いや、むしろおじさまの天敵とも言うべき相手なのでは……？　一応聞きますけど、えっちなお姉さんのお色気攻撃に抗える気します？」

「笑止。〝虎穴に入らずんば虎児を得ず〟よ」

「つまり全然抗えてないじゃないですか……。〝笑止〟じゃないですよ、〝笑止〟じゃ……」

「まあそう言ってくれるな。無論、俺とて無策で淫魔を相手にしようなどとは思っておらぬ。オークの雌百人斬りの際、すでに煩悩を打ち破る〝悟りの極意〟を習得していたからこその物言いだ」

「悟りの極意……？」

　一体なんのことかと小首を傾げるぴのこに、俺はスキル欄を見せてやる。

　そこにはこう書かれていた。

《ディープフェイク》：自己催眠により対象の顔を自在に変更できる。※ランクダウン中。


「なっ？（優しい笑み）」

「おじさま……っ。そこまでして……っ（涙ぐみながら）」

「ふ、よく聞け、ぴのこ。人間というのはな、たまにいいことがあるからこそ、辛い現実とも向き合ってゆくことができるのだ。が、地獄のような時間が延々と続くと普通に病む。とても病む」

「そうですね……。エルフの男性を食い散らかしていたマリリンさんとか凄かったですもんね……。軽くトラウマですよ、私……」

「ああ。とくに俺の時は向こうも躍起になっていたからな。あの人レベルの猛者たちがぎゅうぎゅう詰めで三日三晩襲いかかってきたぞ」

「ヒエェ……」

「だがな、そんな中でも我が愛するママたちのことを思えば、命尽きるその一瞬まで戦えるというもの。ゆえに俺はこのスキルで度々自らの帰る場所を胸に刻み続けていたのだ」

「で、でもこのスキル、身体はオークのままじゃないですか……？」

「ああ、そのとおりだ。〝ランクダウン中〟ともあるように、元来こいつは全身を丸ごと変えることができるスキルだったのだろう。だが全てを変えてしまってはオークの娘たちにも失礼だと、俺の心が無意識のうちにブレーキをかけてしまったのやもしれぬ」

「な、なんでそんなことを……」

「無論、オークと言えど彼女たちもまた〝女性〟だからだ。そして俺は自らの意思でそのお相手を仕った身。である以上、最低限の礼節は尽くさねばならぬ――そういうことだ」

「お、おじさまはどうしてそう律儀に……っ」

ぐすっと洟(はな)を啜るぴのこの小さな背中を、俺はふっと優しくぽんぽんしてやったのだった。

「あの、どさくさに紛れてお尻触るのやめてください……」

「ぬっ、ここは尻だったのか……」

そうして街道を南に進み続けること数日ほど。

俺たちは聖都――〝オルメガ〟へと到着する。

さすがは〝聖都〟と言うべきか。

遙か向こうに聳える城は言わずもがな、建物群はそのほとんどが白を基調とした造りになっており、いかにも聖なる力で守られている感がばりばりだった。

「ここが聖都か。なるほど、プレスの気配がむんむんするわ」

「なんですかそのパワーワード……。〝プレスの気配がむんむんする〟とか初めて聞きましたよ……」

「ふ、それだけ魅力的な女性が多いということだ。――ほら、見てみろ。あそこの修道女などは実にプレス向きの安産型だ」

「プレス向きの安産型……」

ぴのこが遠い目で修道女の尻を見やる中、俺は腕を組んで言った。

「さて、まずはギルドで情報収集と言いたいところだが、こういう場合の情報収集はギルドよりもむしろアンダーグラウンドの方が適しているだろう」

「と言いますと？」

「〝娼館〟だ」

「えー……」

「なんだその顔は。もしかしてあなたは俺がただえっちなお姉さんたちと遊びたいだけのスケベなおっさんだとでも思っているのではなかろうな？」

「いや、むしろそれ以外の要素あります？」

「やれやれ、困った小デブちゃんだ」

「そこはせめて〝子猫ちゃん〟にしてくださいよ……」

はあ……、と肩を落とすぴのこに、俺は「よく聞け」と周囲の人々を見やって言った。

「娼館というのは情報の溜まり場のようなものだ。何故なら増税を食らっている民の愚痴から傭兵希望の冒険者の自慢話まで、実に多岐にわたった話を常日頃から聞かされ続けているからだ。高級な場所であればそれこそ大臣などにも辿り着けるやもしれん」

「あ、なるほど。しかもそういうお店ならチップを弾むだけで情報も引き出しやすいというわけですね？」

「ああ、そうだ。もっとも種付けおじさんたる俺ならばプレス一つで全てを曝け出してやるがな」

ふっと不敵な笑みを浮かべる俺に、ぴのこが半眼を向けながら言ったのだった。

「……なんでしょうね。頼りになるとは思いたくないのに、今回に限ってだけは頼りになる気しかしないのが複雑なところです……」

「ふ、ならばその期待には応えてやらねばなるまい。というわけで、夜戦に備えてまずは腹拵えだ」

「あ、じゃあ私お肉食べたいですぅ～！」

◇

その後、飯屋でたっぷりと精のつくものを平らげた俺たちは、万全の態勢を以て娼館の門をくぐる。

とりあえず今欲しいのは後妻に入ったという新しい妃の情報なので、大臣や貴族狙いで初っ端から高級店だ。

なんでもこの娼館――《パレスオブヴィーナス》の女性を相手にするには、最低でも庶民の一ヶ月分くらいのお給金が必要らしい。

ゆえに来るのは本当にお貴族さまか高ランク冒険者くらいだという。

だがそれに見合うだけの美女たちが揃っているといい、まさに〝女神の宮殿〟の名に相応しい聖都最高の娼館なのだとか。

「いらっしゃいませ。当店は初めてのご様子ですが、どなたかのご紹介でございますか？」

入店早々、燕尾服のようなものに身を包んだ壮年の男性が丁寧に声をかけてくる。

さすがに高級店というだけあってか、従業員にもどこか気品のようなものを感じるな。

「いや、完全な一見さんだ。一応金は用意してきたのだが、もしかしてここは招待制なのか？」

「いえ、そういうわけではないのですが、当店はお客さまとの信頼関係で成り立っておりますので、身元や経歴のはっきりとした方限定で営業させていただいております」

「なるほど。確かに金を持っているだけではどこからか奪ってきた可能性もあるからな。家柄やランクによる身分の証明は正しい判断だろう」

「ご理解いただき恐縮です」

「ふむ、しかし困ったな。できれば今すぐにでも利用させてもらいたかったのだが、生憎と俺はFランクの新米なのだ。今からクエスト実績を積み上げるというのはさすがに時間がかかりすぎる。何か別の信頼を得られる手立てではないか？」

もちろん〝隻眼〟の一部でも見せつければ信頼は得られるかもしれないが、今は隠密行動中だからな。

できれば目立つようなことは避けたい。

「そう申されましても……」

「やはりダメか……。性病くらいであれば治してやれたのだがな……」

まあ仕方あるまい、と俺は踵を返しながら言った。

「時間を取らせてすまなかったな。また出直すとしよう」

　そうして扉に手をかけようとした――その時だ。


「――お、お待ちください！」


「うん？」

　ふいに男性に呼び止められ、俺たちは再び彼の方を見やる。

　すると男性は神妙な面持ちでこう言ってきたのだった。

「先ほど〝性病くらいであれば治せる〟と仰っていましたが、それは〝どんな性病でも〟というお話でしょうか？」

「無論だ。相手が女であれば俺に治せぬ病など存在しない。……いるのだな？　〝治せない性病〟に伏している者が」

◇

　男性ことオーナーのエルダー殿に連れられて俺たちが赴いたのは、娼館の離れ――そのさらに地下にある風通しの悪そうな一室だった。

　恐らくは倉庫か何かだったのだろう。

　部屋に窓の類はなく、灯りも壁に掛けられている燭台のものだけだ。

そんな薄暗い部屋の奥で〝彼女〟は寝かされていた。

全身を血の滲んだ包帯でぐるぐる巻きにされたまま、ベッドの上で肺に異常のありそうな呼吸音を響かせ続けていたのである。

「こ、これは……」

「酷いな……。ほぼ末期症状に見えるが……」

「ええ、仰るとおりです。彼女の名はリザベラ。我が《パレスオブヴィーナス》歴代娼婦の中でも〝最高のナンバーワン〟とまで呼ばれていた娘です」

「最高のナンバーワン……」

「この方が……」

と。


「……おや？　その声はオーナーさんかい……？　寝たままで悪いね……。今日はちょっと起き上がれそうにないんだ……げふっごふっ」

「いえ、気にしないでください。それより体調はどうですか？」

「ああ……とうとう左目もダメみたいだ……。まったく嫌になっちまうよ……ごほっ」

「そうですか……。無理に喋る必要はありませんので、どうぞお身体を休めていてください。私も少しこちらの方々とお話がありますので」

「そうかい……。悪いね……けほっごほっ」

湿った咳を繰り返すリザベラさんの様子をやり切れなさそうな顔で見やった後、エルダー殿がこちらを振り向いて言った。

「このようにリザベラは〝薔薇毒(ばらどく)〟を患っています。もちろん予防には徹底して取り組んできたのですが、彼女に想いを寄せていたとある貴族の方が失恋の腹いせに無理心中を図ろうとしまして……」

「なるほど。自ら感染者となり彼女にも移したというわけか」

「はい……。薔薇毒はかなり初期の段階で発疹などの症状が出ますので見分けがつきやすい病なのですが、さすがにそれ以前だと我々にも防ぎようがなく……」

「……ふむ。ぴのこよ、こいつはどういう系統の性病なんだ？」

「えっと、分かりやすく言えば〝タチの悪い即効性の梅毒〟ですね……。亡くなる際、全身から血を噴き出す様がまるで咲き誇る薔薇のようだということから〝薔薇毒〟という名前が付けられてはいるのですが……」

「なるほど。あまりにも凄惨な最期ゆえ、せめてその散り様を美しき花にたとえてやることが唯一の手向けということか……」

「はい……。一応こちらにも抗生物質のようなものがあるにはあるのですが、薔薇毒に効くものはまだ開発されていないんです。なのでまあ、いわゆる〝不治の病〟になっていると言いますか……」

「そうか。分かった」

そう頷いた後、俺はリザベラさんのもとへと赴き、ガントレットを外してそのか細い手をとる。

そして驚いたように声を張り上げるエルダー殿を手で制した後、俺は静かに語りかけた。

「はじめまして、リザベラさん。俺の名はゲンジ。いい女を探して世界中を渡り歩いているダンディなおじさまだ」

「おやおや、そいつは残念だね……げほっ。もう少し早く会えたなら、きっとお眼鏡に適っていただろうに……げほっごほっ」

「そうだな。この聖都で最も有名な店の〝最高のナンバーワン〟とまで呼ばれていたあなただ。きっと俺の子を産むに相応しい最高の美女だったことだろう」

だが、と俺は力強く断言する。

「それは今も変わらぬ。あなたは今この瞬間も俺にとっては最高のナンバーワンだ」

「ふふ、ありがとう……けほっ。そういえばいつ以来だろうね……。こんなにも温かい手で強くあたしの手を握ってくれる人に出会えたのは……ごふっえほっ⁉ ……でもごめんよ……あたしはもう、ダメなんだ……っ」

そう笑いながら血液混じりの涙を流すリザベラさんに、俺はゆっくりとかぶりを振って言った。

「いいや、ダメなことなどありはしない。そのために俺がここに来たのだからな」

「えっ……？」

「生憎と俺は〝種付けおじさん〟なのでな。よき母体を見つけたならば、それがたとえ死に瀕していようと〝種付けを行うに相応しい完璧な状態〟にすることができるのだ。ゆえにあなたを絶対に死なせはしない――絶対にだ」

その瞬間、ぱあっとリザベラさんの手を握る俺の両手が目映い輝きを放ち、その光はやがて彼女の腕を伝って全身を包み込む。

そして。

「たかが病魔の分際でこの俺から未来のママを奪おうとは笑止千万！　消え失せろ！　――《母胎回帰》ッ！」

ばしゅうっ！　とリザベラさんの包帯が弾け飛び、同時に大量の白い羽根が室内に舞った。

「こ、こいつは一体……？　――えっ⁉　あ、あたし、どうして……っ⁉」

そんな中、ゆっくりと上体を起こしたリザベラさんが驚いたように自身の身体を見やる。

そこにいたのはすっぴんではあるものの、どこか花魁のような大人の色香を漂わせる二十代半ばくらいの黒髪美女だった。

ダメだと言っていた目にも輝きが戻っており、確かめるかのように室内を見渡している。

「げ、ゲンジさま、これは一体……っ⁉」

「ああ。俺の女性専用治癒スキル――《母胎回帰》の力だ。女しか治せぬが、その代わりどんな病や傷でも瞬く間に全快させることができる。ちなみにたとえ百歳のばあさまであろうと現役復帰かつ危険日にさせる凄いスキルだ」

「いや、それおじいさんにとっては地獄のようなスキルなんじゃ……」

ぴのこが白目を剥きそうな顔になる中、俺は再度リザベラさんの手をとって言った。

「だから言っただろう？　俺にとっては今も最高のナンバーワンだと。思ったとおり、あなたは俺好みのいい女だ」

――トゥンク。

「……はは、参ったね。この世界に入った時にこういう気持ちは全部捨てたと思ってたんだけどな……」

「ふふ、それほどよい男に出会ったという証拠だ」

「ふふ、それを自分で言うのかい？」

「ああ、当然だ。俺は小太りだがいい男だからな」

「そうだね。あんたは最高にいい男だよ。このあたしが保証する」

ふっと微笑むリザベラさんに俺も微笑みで返しつつ、彼女の手を引いて立たせてやる。

これが自然治癒ならば立ち上がるのにも筋力トレーニングなどが必要なところだが、俺の《母胎回帰》はそれらも含めて万全の状態に戻すことができるからな。

なんなら栄養、衛生状態もばっちりだ。

「さて、オーナー殿。このとおりリザベラさんは全快した。これで少しは信用してもらえただろうか？」

「もちろんでございます。本当になんとお礼を申し上げたらよいか……。よもやこのような奇跡を目の当たりにするとは思いませんでした。……リザベラも本当に大丈夫なのですね？」

「ああ、もちろんさ。なんならここで一曲踊ってみせようか？」

くるり、と優雅な足どりで一回転するリザベラさんに、思わず感極まってしまったのだろう。

エルダー殿は驚いたように目を見開いたかと思うと、顔を伏せて言った。

「いやはや、年をとるといけませんな……。ついつい涙腺が緩くなってしまいます……」

「はは、心配かけてごめんよ。でもあたしはこのとおり、もう大丈夫だからさ」

「ええ、本当によかった……」

ぎゅっと互いに抱き合う両者を、俺たちは微笑ましげに眺め続ける。

それからしばらく感慨に耽っていた両者だったが、ふとリザベラさんが気づいたように言った。

「……でもあれだね。死にかけのあたしが急に元気になったら、うちの子たちもびっくりするんじゃないかい？　というより、普通に接してくれない気がするんだけどねぇ……」

「そうですね。薔薇毒が不治の病なのは皆承知の上でしょうし、何かよい理由を考えねばなりません」

「ふむ。まあ俺も目立ちたくはないからな。適当に〝いい薬が手に入った〟とかではダメなのか？」

「そうしたいのは山々なのですが、それだと恐らく貴族の方々から薬の出所を追及される恐れがあります。ぴのこさまも仰ったように、現状薔薇毒に効く薬は存在しませんので」

「なるほど。その者らにとっては金脈のようなものというわけか」

「仰るとおりです。最悪、リザベラを含めた娘たちに危害が及ぶ可能性もあります」

「やれやれ、実に業の深いことだな。――分かった。ならばその件に関しては俺がなんとかしよう。一つ心当たりがあるのでな」

「よろしいのですか？」

「ああ。なので娼婦たちをホールにでも集めておいてくれると助かる。必ずや彼女たちを納得させてみせよう」

そうして俺は召喚スキル――《店外デート》を使い、〝彼女〟を喚び出したのだった。

「あ、あんた、その耳はまさか……っ⁉」

「うむ。妾はハイエルフのアルティシア。誉れ高きエルフ族の女王よ。此度の一件、この妾に全て任せるがよい」

「というわけで、この娘の身体は妾の聖なる術で完璧に浄化しておいた。ゆえに触れようが抱こうが薔薇毒などというものが移ることは絶対にあり得ぬ。本来であればこのようなことに手を貸したりはせぬのじゃが、他でもない主さ……ゲンジの頼みじゃからのう。今回は特別じゃ」

ふんっ、と尊大にその豊かな胸を張るアルティシアの言葉を聞き、唖然としていた娼婦たちが一斉にリザベラさんのもとへと駆け寄る。

「姐さん……」

「本当によかった……ぐすっ」

「あたしもうダメなんじゃないかって……うぅ……」

「ああ、心配かけたね……」

よほど慕われていたのだろう。

全快したリザベラさんの姿に、皆涙を流しながら喜んでいるようだった。

「まさか人間嫌いで有名なエルフの女王とも親交があったとは……。いやはや、ゲンジ殿には驚かされるばかりです」

「ふ、別に大したことではない。彼女とはとある一件で顔を合わせることになってな。それ以来の仲だ」

「なるほど、そうでしたか」

（まさかケツドラムした仲とは言えませんよね）

（うむ。ＴＰＯをわきまえるというのは大事なことだ）

そう神妙に頷いた俺の視線の先では、見た目だけは神秘的な美女のアルティシア（ダブルピース済みドＭ）が娼婦たちにちやほやされていた。

「女王さま、髪の毛さらさら～」

「え、どんな化粧品使ったらこんなお肌になるの？」

「てか、めっちゃいい匂いなんだけど～」

「うむうむ。もっと褒めてくれても構わんぞ」

そして本人もまんざら悪い気はしていなさそうなのであった。

◇

ともあれ、これでオーナー殿の信用は得られた。

なので俺は当初の予定通り娼婦たちにプレス聴取を行おうと思ったのだが、さすがにあそこまで恰好をつけておいてリザベラさん以外の女性にプレスるのは俺の道義に反する。

というわけで俺たちは作戦を変更し、リザベラさんとエルダー殿に全てを打ち明けた上で、彼女たちにも協力してもらうことにした。

その方が娼婦たちからも情報を得やすいからだ。

もちろん表向きは集客のためということにしてあるので、事情を知っているのはお二方だけである。

エルダー殿も最近の国の動向にはきな臭さを感じていたようで、今回の一件もあってか、快く協力してくれるという。

その誠実さを心よりありがたく思いつつ、俺たちもギルド辺りで情報収集を行おうと思っていたのだが、

「ふふ、どうだい？　熱くはないかい？」

「ああ、ちょうどよい湯加減だ」

俺は今まさに浴場でリザベラさんに身体を洗われていた。

どうしても礼がしたいとリザベラさんにおっぱいを押しつけられてしまったので、ならばと漢の顔で浴場へと向かうことにしたのである。

まあ、ぴのこは呆れたような半眼を向けていたのだが……。

「……うん？　なんだい？　あたしの顔に何かついてるかい？」

「いや、〝水も滴るいい女〟とはよく言ったものだと思ってな」

「ふふ、褒めたって何も出やしないよ。なんたってもう全部曝け出しちまってるんだからね」

たゆんっ、と自慢の巨乳を両腕で持ち上げるように見せつけるリザベラさんに、俺はふっと口元に笑みを浮かべて言った。

「何を言っている。まだベッドの上で喘ぐあなたの艶姿を見せてもらってはいないだろう？　本番はこれからぞ」

「……もう、分かっちゃいたけど旺盛な人だね。まああたしも似たようなもんなんだけどさ……。初めてだよ、こんなにもベッドに行くのが待ち遠しいと思える人は……」

ちらり、とリザベラさんが俺の猛りきった剛直に熱っぽい視線を向ける。

それは俺も同じ気持ちだった。

正直、彼女に乳を押しつけられた時から我慢していたのだからな。

「あたしさ、分かるんだ……。あんたのそれはきっとあたしを虜にするって……。それを受け入れちまったら、あたしは完全にあんたに落とされちまうんだって……」

「当然だ。俺もそのつもりであなたを抱こうと思っているのだからな」

「ふふ、だろうね……。あんたがそういう男だってのは分かってるし、あたしもそれを分かった上で受け入れるつもりだよ……？　でも一つだけお願いがあるんだ……。その、子どもだけは勘弁してもらえないかい……？」

どこか後ろめたそうにそう懇願しくるリザベラさんに、俺は優しい声音で言った。

「子どもは嫌いか？」

「いや、大好きだよ……。あたしだって、あんたとの子どもが生まれたらどんなに嬉しいかって思う……。でもさ、あたしはこういう生き方をしてきた女だろう……？　そんな女が母親なんて、子どもが可哀想じゃないか……」

そう寂しそうな笑みを浮かべるリザベラさんに、俺は首を横に振って言った。

「いや、そんなことは断じてない」

「えっ？」

「俺はな、リザベラさん。こういう仕事をしてくれている人たちを心から尊敬している。たとえ金のためだったとしても、あなたたち娼婦は一緒にいる間、嫌な顔一つせず俺たちを癒やし、笑顔にしてくれるからだ。中にはそれで死ぬ覚悟を決められる兵士たちだっている。そんな素晴らしい女性たちをどうして蔑むことができようか」

「ゲンさん……」

「ああ。だからどうか〝子どもが可哀想〟などという悲しいことは言わないで欲しい。あなたはきっとよき母になれる――いや、必ずなる。この世界一いい男が保証しよう」

俺がそう微笑みかけると、リザベラさんは一瞬驚いたような顔をした後、溢れ出す涙を必死に拭いながら言った。

「……はは、参ったね。そんなことを言われちまったらあたし、今すぐにでもあんたと子どもを作りたくなっちまうじゃないか……」

「ふ、別に構わぬだろう？　幸い、ここには俺たち二人しかいないのだ。しかも揃って互いを求め合っているこの状況――一体何を躊躇うことがある？」

「ゲンさん……んっ……ちゅっ……」

もう我慢できないとばかりに抱きついてきたリザベラさんと熱い口づけを交わしながら、俺は彼女を浴場の床へとゆっくり押し倒す。

もはや言葉は不要——あとはただ貪るように互いの身体を求めるだけである。

「あぁ、ゲンさん……あっ♡」

ゆえに俺は彼女の豊かな乳房を左右とも存分に堪能した後、そのまま下腹部へと顔を埋める。

「はあんっ♡　や、ゲンさんそんな激し……あっ、気持ちいい……」

そこは明らかに湯とは違う液体で濡れそぼっており、鼻腔をくすぐる淫靡なメスの香りが俺の情欲をさらに掻き立てていった。

「ま、待って、ゲンさん……あたしも……」

そんな中、リザベラさんが上体を起こし、今度は彼女の方が俺に覆い被さる。

「んちゅっ……れろ……ちゅるっ……」

そして再び貪るような口づけをした後、彼女はゆっくりと俺の身体に舌を這わせていく。

「ぬっ……」

さすが聖都最高の娼婦の名を意のままにしてきたリザベラさんだ。

そのテクニックは凄まじく、俺の性感帯をピンポイントで探り当ててはちょうどよい刺激を与えてくれる。

おかげで息子に触れられてもいないのに達してしまいそうになった俺だったのだが、

「ふふ、お楽しみはまだまだこれからだよ」

リザベラさんはそう挑発的な笑みを浮かべたかと思うと、すでにはち切れんばかりに反り勃っていた剛直を優しく握って言った。

「やっぱり凄いね……。こんな逞しいのを持ってる人なんてそうはいないよ……」

「ふ、そいつの凄さはまぐわってみればなお分かるぞ。他の男のことなど二度と思い出せなくなるくらいにな」

「ああ、分かってる……。だからこそこの子にはあたしの全てを塗り替えてもらいたいんだ……」

「ぬうっ⁉」

その瞬間、リザベラさんが乳房で剛直を挟みながらはむっとこれを咥え込み、口と乳の両方を使って扱き上げてくる。

先ほどの愛撫で彼女の舌技が凄まじいのは知っていたが、よもやこれほどとは思わなかった。

しかもこの柔らかさに富んだ乳の温もりがそれを絶妙に後押しし、堪らず達しそうになった俺はきゅっとケツの穴を締める。

するとリザベラさんが嬉しそうに微笑んで言った。

「いいよ、出しておくれ……。そしたらきっとゲンさんの濃いのが、あたしの身体に染みついた男たちの記憶を全部忘れさせてくれるだろうからさ……」

「……そうか。ならば遠慮はすまい……っ。我が子種――その身で存分に味わうがよいッ！」

「んんっ⁉」

ぶちゅっと受け止めきれなかった精がその小さな口の端から胸の谷間にこぼれ落ちる中、リザベラさんはどこか幸せそうな表情でこくりと口の中のものを全て呑み込む。

そして彼女は「……ふう」と熱っぽい顔で言った。

「美味しい……。これがゲンさんの味なんだね……」

――ぐんっ！

「きゃっ⁉」

そんな彼女の色っぽすぎる姿に剛直が一瞬で先ほど以上に血管を浮き上がらせながら復活する。

だがそれも当然だろう。

他の男の記憶など、我が息子が許すはずないのだからな。

「ふふ、いいよ……。正直、あたしももう我慢の限界だったからね……」

そう言って再び仰向けになったリザベラさんが自ら足を開いて俺を誘う。

ゆえに俺もまた彼女の上に覆い被さり、三度熱い口づけを交わす。

「ゲンさんは優しいね……。こういう時、大抵他の男たちはキスしたがらないのにさ……」

「ふ、当然だ。愛する女の顔が目の前にある以上、一体何を躊躇うことがある？」

「……まったく、ゲンさんはどれだけあたしを惚れさせたら気が済むんだい？」

そう恥ずかしそうに問うてくるリザベラさんにふっと笑みを浮かべつつ、俺は限界まで怒張した剛直を彼女の蜜壷へとあてがう。

「ゆくぞ、リザベラさん。我がプレスという名の愛を存分に受け取るがよい！」

「ああ、来ておくれ……んっ……あ、熱い……こんな熱くて大きいの初めて……あ、ああああああああああああああああああああああああああっ♡」

そしてそのまま彼女の最も深いところまで剛直を一気に突き挿れてやった。

「ああ、ゲンさん！　ゲンさん！」

リザベラさんがぎゅっと抱きついてくる中、俺もまた彼女を強く抱き締めつつ激しく腰を打ちつけ続ける。

彼女の蜜壷はすでにとろとろになっており、一突きするごとに大量の愛蜜が溢れ出すほどであった。

これもまた彼女が〝最高のナンバーワン〟と呼ばれる所以であろうかと思ったが、どうやらそうではないらしい。

「や、これだめっ……あっ♡　あ、あたし凄い濡れてる……あんっ♡　やっ♡　ん、あっ♡　ど、どうしてこんなに……ああっ♡　ぬ、濡れちゃうのぉ……♡」

恐らくはマジカルチ○ポの影響か、はたまた《母胎回帰》の危険日ゆえか、とにもかくにも彼女にとっても初めてのことのようだった。

「ふ、それは俺があなたにとって最高の男だからだ……っ」

だがそう言われて喜ばぬ男はいまい。

当然、プレスにもさらに力が入るというものである。

「はあんっ♡　あっ♡　ゲンさん好きぃ……あんっ♡　や、ゲンさぁん……♡」

「ああ、俺も愛しているぞ、リザベラさん……っ。ゆえに俺の子種で……孕めいッ！」

「んんんんんんんんんんんんんんんんっ♡♡」

びくびくと背筋を反らしながら果てるリザベラさんの中に、俺もまた大量の精を解き放つ。

「はあ、はあ……こ、こんな激しくイったの初めてだよ……。それにこの量……凄い……」

そう満足そうに肩で息をするリザベラさんだったのだが、

「ふ、それは何よりだ。ならば――」

――ずんっ！

「ひゃあんっ♡　ちょ、ゲンさん……あっ♡　や、ま、待っておくれ……あんっ♡　あ、あたしまだイったばかりで……あ、はあんっ♡　あっ、や、ああんっ♡　そ、そんな奥まで……あっ♡や、お、おっぱい吸っちゃだめぇ……あっ♡　ま、またイっちゃうからぁ……はあんっ♡」

まだまだ彼女との逢瀬を堪能したい俺は早々に二回戦に突入する。

無論、いつまでも硬い床に寝かせておくのは忍びないゆえ、抱き起こしての対面座位だ。

リザベラさんの桃尻をがっしりと鷲掴みし、乳を堪能しながらリズミカルに腰を打ちつけ合う。

先ほどのプレスで彼女の弱い部分は把握済みだからな。

そこを重点的に責めてやれば、

「んひいいいいいいいいいいいいいいいいいいいいいいいいいいっ♡♡」

――ぷしゃあっ！

このとおり最高の絶頂を迎えさせてやれるというわけだ。

「だ、だめぇ……こ、こんな凄いの、あたし蕩けちゃうぅ……♡」

「ふ、そうだろうとも。だがこれはまだ始まりに過ぎぬぞ、リザベラさん。今夜は徹底的に榁付けする予定なのだからな。ゆえに――ふんっ！」

「んおおおおおおおおおおおおおおおおおおおおっ♡　げ、ゲンさんもっとぉ！　もっと激しく突いてぇ！」

「よかろう……っ。ならばこのまま立ち上がって突き上げてやる……っ」

どぱんっ！　と宣言通り室内に響き渡るほど激しく腰を打ちつけてやれば、彼女はおほ声を上げながら三度大絶頂を迎えたのだった。

「おほおおおおおおおおおおおおおおおおっ♡　これすっごおおおおおおおおおおおおおおおおいっ♡♡」

そうして俺は浴場に別の娼婦が来るまで幾度もリザベラさんに種付けを行い、彼女の中を俺の子種でがっつりと満たしてやった。

無論、それで終わるはずもなく、個室へと移動したあともベッドが壊れそうな勢いでプレスし続けた結果、気づけば朝を迎えていたというわけである。

《母胎回帰》後の危険日真っ只中にこれだけ種付けしたのだ。

まず間違いなく彼女の中には新たな命が宿ることだろう。

「やれやれ、参ったね……。あんな凄いことをされて腰まで抜けちまってるのに、あたしの身体はまだあんたを求めてるみたいだよ……」

「ふ、ならば朝食後にでもまたまぐわえばよい。時間はたっぷりとあるのだからな」

「ふふ、そうだね……。それにしてもさすがはあたしの見込んだ男だよ……。あれだけあたしの中に出しておきながらまだこんなにも元気だなんてさ……」

「当然だ。目の前にこんないい女がいるのだからな。正直、あなたを一目見た時からビビッときていたのだぞ？」

「ふふ、何言ってんだい……。包帯ぐるぐる巻きで誰かも分かりゃしなかっただろうに……」

「ふ、だが相性はばっちりだっただろう？」

「……もう、そういうことは言うもんじゃないよ」

――ちゅっ。

「あーもう鬱陶しい⁉　いつまでイチャイチャしてるんですか⁉　というか、毎回私に事後のイチャイチャを見せつける必要ありますぅ⁉」

いきり立って声を荒らげてくるぴのこに、俺はリザベラさんを胸に抱きながら言った。

「ふ、どうやらあなたはまだ気づいていないようだな」

「な、何がですか？」

「よく思い返してみるがいい。最初の頃は俺がイチャイチャしていてもなんとも思わなかっただろう？」

「そ、それは呆れてたからですよ⁉」

「ならば今はどうだ？　なんだか胸が締めつけられるような気分なのではないか？」

「そ、それは……」

「そう、それが〝嫉妬〟というものだ」

「ぎゃあああああああああああああああああっ⁉」

ぽてり、と現実を受け止めきれないらしいぴのこが白目を剥きながらテーブルの上に倒れ込む。

　そんな彼女に、俺はまるでラスボスかの如く真実を告げてやった。

「そう、全ては我が策略だったのだ。わざと他の女性とのイチャラブを見せつけることにより、あなたの中の嫉妬心を誘発しつつ、独占欲までも刺激する。そうしていつしか我慢は限界に達し、〝おじさまは私だけのものなの！〟ということに――」

「なって堪るかってんですよ⁉　言っておきますけどね⁉　私はそんなお尻の軽い女じゃないんですぅ⁉」

「ふ、分かっているさ。だからこそ俺はあなたのことを何よりも大事に思っているのだからな」

「えっ？」


――きゅんっ。


「って、〝きゅんっ〟じゃないんですよおおおおおおおおおおおおっ⁉　え、チョロインなんですか私⁉」

　ひぎいっ⁉　と頭を抱えるぴのこを、俺とリザベラさんは微笑ましげに見つめていたのだった。

「あらあら、可愛いねぇ」

「ふふ、そうだろうとも。ぴのこは世界一可愛いぞ」

「あばばばばばばばっ⁉（ビクンビクンッ）」

【七話】 種付けおじさんVSドスケベエロエロ女

Tanetsuke Ojisan no isekai press Manyuki

その夜。

「え、勇者の様子を見に行くんですか⁉」

「ああ。娼館の皆が頑張ってくれている以上、俺だけ何もせぬわけにはいかぬからな」

そう頷き、俺はリザベラさんに用意してもらった隠密行動用の装備に着替えようとする。

だがぴのこはあまり気が進まなそうな様子だった。

「で、でも相手は勇者ですよ⁉　絶対バレますって⁉」

「そのための隠密行動だ。名称はあれだが、俺には《気配遮断A》に相当する《ストーカー》のスキルがあるからな。下手な真似はせぬさ」

「いや、あの……。そんな恰好で言われても全然説得力ないんですけど……」

ぴのこが半眼で俺の身体を指差してくる。

一体何を言っているのかと怪訝な顔で見下ろした俺の身体には、ぴちぴちの濃紺レオタードがばっちりと装備されていた。

「何か問題でも？」

「むしろ問題しかないですよ……。ただの変態じゃないですか……」

「失礼な。隠密行動の正装だぞ」

「その正装は知らない子ですね……。というか、なんなんですかそのだらしない身体は……。ぴちぴちになったおかげで余計だらしなくなっちゃってるじゃないですか……」

「ふ、クマさんみたいで可愛いだろう？」

ぽんっ、とお腹を叩く俺に、ぴのこが大きく嘆息する。

「……で、本当にその恰好で勇者の屋敷に潜入すると？」

「無論だ。こうして目元に仮面を装着すればもう完璧よ」

「うわぁ……」

あからさまにドン引きしている様子のぴのこだが、彼女もこれを見れば考えが変わることだろう。

「ほら、あなたの分だ」

「えっ⁉　私も着るんですか⁉」

「当然だ。そのためにわざわざ作ってもらったのだからな」

「えぇ……。なんで作ってもらっちゃったんですかぁ……」

顔を引き攣らせながらも、ぴのこが衣装を受け取る。

そして。

――ばーんっ！

「よし、行くぞ。〝ファットアイ〟出動だ」

「いや、〝キャッツ〇イ〟みたいに言うのやめてください……」

そうして俺たちは月明かりのもと、華麗に屋根伝いで跳んでゆき、事前の情報通り勇者の屋敷へと到着する。

さすがは国の英雄たる勇者殿のお屋敷だ。

そのでかさはこの聖都内でも屈指のもので、とにかく豪華絢爛な造りであった。

「ふむ。随分といい暮らしをしているようだな」

「そうですね。むしろ英雄だからこそ、お国としても質素な暮らしをさせるわけにはいかないと言ったところでしょうか」

「そうだな。護衛もかなりの数いるようだが、まあ問題はあるまい。最終目標は彼女の人柄を知れる距離まで近づくことだが、気配察知に長けているようであれば最悪《パネルマジック》が使える程度の距離でも構わん」

「分かりました。じゃあ安全第一ということで」

「うむ。では行くぞ」

シュタッと軽快な動きで物陰に隠れつつ、俺はまるでステルスゲームの如く庭を進み、時にはタルや箱の中に身を隠して屋敷に近づく。

そして窓の開いていた部屋近くの屋根に鉤縄(かぎなわ)を引っかけ、これを一気に駆け上がって室内に侵入した。

「あの、なんか手慣れてません……？」

「気のせいだ。それより早く廊下に出るぞ。ぐずぐずしていると部屋の主が戻ってくるやもしれんからな」

そう言って早々にこの明かりの落とされた室内から出ようとしたのだが、そこでふと壁に掛けられていた一振りの剣が視界に入る。

豪奢な装飾が施された、どこか神秘的な輝きを放つ両刃の剣だ。

「さすがは勇者の邸宅と言ったところか。壁の装飾品も超一流というわけだ」

「あの、おじさま……」

「うん？　どうした？」

が、そこでぴのこがその剣を指差して言った。

「これ、〝聖剣〟です……。〝聖剣エクスカリボール〟……」

「聖剣、エクスカリボール……っ⁉」

――クワッ！

「いや、別にそんな興奮するような名前じゃないですからね？　向こうの世界で言うところの〝エクスカリバー〟ってやつですよ」

「む、何故かの有名なアーサー王の剣がこの世界にあるのだ？　もしかしてやつも転生者だったのか？」

「いえ、厳密には別物なんですけど、ほぼ同じものというか……。そもそも異世界というのはそれぞれがほんの少しだけ違う派生を辿った世界のことでして、結構似たようなものがあったりするんです」

「なるほど。確かにモンスターはいるが、普通に人間もいる上、生活様式も似たり寄ったりだからな」

「ええ、そういうことです。ちなみに向こうの世界のエクスカリバーも別名として〝カリボール〟というのがあるんですよ？　もちろん変な意味ではなく」

「カリ、ボール……っ⁉」

──クワッ！

「あの、さっきからなんなんですかその歌舞伎みたいな反応は……。〝クワッ！〟じゃないですよ、〝クワッ！〟じゃ……」

「いや、すまんな。男の子というのはいつまで経っても〝おちんちん〟と〝うんち〟で笑っていられるお馬鹿な生き物なのでな。つい身体が反応してしまうのだ」

「本当にお馬鹿ですよね、男の子って……。そんなものの一体何が面白いんだか……」

やれやれと呆れたように嘆息するぴのこに、俺は「ふむ」と頷いて言った。

「ならば分かりやすく実践してやろう。というわけで、あなたはここにいてくれ」

「え、ちょっとおじさま⁉」

チェストの上にぴのこをちょこんと座らせ、俺は彼女に背を向けてごそごそと腰に巻いていた布をレオタードの中に押し込んでいく。

そして再び彼女の方を向いて言った。

「――でっかい金玉」

――ぷるるんっ。

「ぶふうっ⁉」

お、鼻水まで噴き出したぞ。

やったぜ。

「げほっごほっ⁉　そ、そんなの卑怯ですよ⁉　絶対面白いに決まってるじゃないですかぁ⁉」

咽せながら抗議の声を上げてくるぴのこに、俺は股間をこんもりさせたまま腕を組んで言った。

「これがお馬鹿な男の子というやつだ。傍から見れば下らないにもほどがあるだろう。が、それゆえに面白いのだ」

――ぷるんぷるんっ。

「ぶふうっ⁉　わ、分かりましたから、そんな大股でお玉を揺らすのやめてください⁉　息できなくなるじゃないですか⁉」

「やれやれ、注文の多い小デブちゃんだ。ほら、これでいいのだろう？」

――ぴたりっ。

「いや、揺らさなきゃいいってもんじゃないんですよ……。なんなんですかそのポールダンスみたいな大股は……」

「ふ、強靱な下半身があってこその芸当よ。あなたもセクシーガールを目指したいのであればこのくらいは――むっ⁉」

「えっ？　――ぐえっ⁉」

と。


――ばんっ！


「誰だッ⁉」

その瞬間、突如一人の女性がけたたましく室内に飛び込んできたのだった。

「……っ」

気配察知を全開にし、徒手空拳の構えを取りながら彼女――〝勇者〟オパールクァンツことパールは室内を注意深く見渡す。

だがそこに人影などは存在せず、パールは「――《ライト》」と光属性魔法で室内を照らす。

そして真っ先に確認したのは壁に掛けておいた聖剣の有無だった。

（聖剣は無事、か……。もっとも常人に扱えるような代物ではないのだが……）

周囲を警戒しつつ、パールは聖剣を手に取る。

そしてこれを構えながらゆっくりと天蓋付きベッドの下を覗き込んだ。

侵入者が身を隠すとしたらここしかないからだ。

が。

「……いない？」

そこには誰の姿もなく、パールは困惑する。

確かに人の喋り声のようなものが聞こえたのだが、聞き間違いだったのだろうか。

念のため窓の外を見やるも、そこにはいつもの庭の光景が広がっており、パールは嘆息しながら窓を閉める。

どうやら気のせいだったらしい。

謹慎の一件以降、少々神経質になっていたようだ。

「――どうされました、パールさま!?」

遅れて現れたメイドたちに、パールは口元を緩めて言った。

「すまない、私の勘違いだったようだ。騒がせてしまって悪かったな」

「いいえ、ご無事で何よりです。何かありましたらいつでもお呼びください」

「ああ、ありがとう」

「では失礼します」

ぱたり、と静かにドアを閉め、メイドたちが去っていく。

それを確認したパールはほうっと一息吐き、聖剣を再び壁に掛けて独りごちた。

「やれやれ、守るべき立場の私がこのザマではいかんな。今日はもう休むとしよう」

《ライト》の魔法を解き、パールはベッドに向かう。

「……うん？」

そうして横になった彼女が目にしたのは、

——ぴちぴちの衣装に身を包みながら天蓋裏に張りつく小太りの男（こんもり股間）だった。

「うわあああああああああああああああああああああああっ⁉」

「きゃあああああああああああああああああああああああっ⁉」

当然、絶叫が室内に轟いたのは言わずもがな、

「……ぬうっ⁉」

「わあああああああああああああああああああああああっ⁉」

手を滑らせたらしい男が上から降ってきたのだった。

◇

……不慮の事故というのは悲しいものだ。

急激かつ偶発的ゆえ避けることは難しく、最悪命を落とすこともあるからだ。

運命という言葉で片付けるには、あまりにも理不尽な事象と言えよう。

「むぎゅ～……」


だから俺は今、心から申し訳ない気持ちでいっぱいである。

もし俺があの時彼女の大声に驚かず、手を滑らすことさえなければこのような悲劇は起こらなんだのに……、と。

「なんということだ……。うら若き娘がベッドにめり込んでしまった……」

「完全に白目剥いちゃってますね……。私、初めて見ましたよ……。勇者が小太りのおっさんにフライングプレスで倒されるの……」

「ぬう、やはりこの娘が勇者だったのか……」

「でしょうね……。聖剣は勇者にしか扱えませんので……」

「……ふむ。とりあえず《母胎回帰》で治療だけはしておこう。一時的に危険日にはなるが、このまま放っておくわけにもいくまい」

ぱあっと淡い輝きが勇者殿を包み、室内に純白の羽根が舞う。

これで一応全快はしたはずなのだが、

「……顔が戻らんな」

「ええ、相変わらず女子にあるまじき顔で失神してますね……」

勇者殿は白目を剥いたまま大口で気を失っていたのだった。

「……すまぬ。今の俺にはせめて布を被せてやることしかできぬ」

「やめてください……。それさっきまで股間に入ってたやつでしょ……」

◇

その後、《即姫》でそそくさとリザベラさんの待つ娼館へと戻ってきた俺（着替え済み）に、ぴのこが半眼で言った。

「……で、どうするんです？　おじさまのおかげで聖都中厳戒態勢ですよ？」

「うむ。正直すまんかったと思っている。が、この状況はむしろ俺たちにとって好都合やもしれん」

「……好都合？」

「ああ。仮にだが、あなたが乗っ取りを企む王妃ならばこの状況をどう見る？」

「いや、どう見ると言われましても……」

「無論、国の英雄たる勇者が何者かに狙われたのだ。これ幸いとばかりに軍拡を危惧する他国の仕業だと吹聴するのではないかと俺は思う。そしてその正当性を説くはずだ」

「……なるほど。つまりさらなる軍備の増強を行うと？」

「ああ。だが問題はそのやり方が〝諸刃の剣〟ということだ」

「諸刃の剣……」

「そうだ。現状、民たちは突然の増税と軍拡に困惑と不満を募らせている。確かに皆の希望たる勇者が狙われたとなれば、その怒りは一時的に〝手の届かない〟他国とやらに向かうことだろう。が、もしそれが王妃の自作自演だったとしたらどうだ？」

「……怒りを爆発させた民が一気に城になだれ込む、と？」

「ああ、恐らくはそうなるだろう。無論、そのためには勇者殿の協力が必要不可欠になるがな。民たちから莫大な信頼を得ている彼女が先頭に立つからこそ、彼らも自らを奮い立たせることができるのだ」

「あの、その協力を得る機会をついさっき盛大にぶっ潰した気がするんですけど……」

再度半眼を向けてくるぴのこを安心させるように、ふっと柔らかい笑みを浮かべて言ったのだった。

「案ずることはない。確かにあの娘には悪いことをしてしまったが、おかげで二つほど重要な情報を得ることができた。そしてそれを使えば恐らくはハニトラ女を引きずり出すことができるはずだ」

「え、そうなんですか⁉」

「ああ。このゲンジ、転んでもただでは起きぬ男よ。ゆえに自らやらかしたことへの責任は自らで取る――当然のことだ」

「……なんでしょうね。凄いまともなことを言ってるのに、そのやらかしたことがあのでっかいお玉由来なおかげで全然頭に入ってこないのが残念なところです……」

◇

ともあれ、俺たちはリザベラさんに何か有益な情報が入っていないかを尋ねる。

するとと彼女はこんなことを言ってきた。

「確かな情報かどうかはちょっとよく分からないんだけどね、なんでも王さま直属の近衛さんがお客として来たらしくてさ。その人の話によると、どうにも最近の王さまは体調が優れないそうなんだよ」

「ふむ、典型的な乗っ取りの構図だな。恐らくは病でもなければ毒の反応なども出てはいないのだろう？」

「はは、さすがはゲンさんだ。よく分かってるじゃないか。そうなんだ。王家直属の神官たちが色々と診察をしたみたいなんだけどさ、原因不明の上、ただ衰弱していくだけらしいんだ」

そう肩を竦めるリザベラさんに、ぴのこが得心したように頷いて言った。

「なるほど。ならばやはり王妃の正体はサキュバス系の淫魔で間違いはないでしょうね。恐らくはゆっくりと生気を吸われているんだと思います」

「うーん、でもそいつはちょいとおかしくないかい？　仮にサキュバスが化けていたとしても、勇者さまなら謁見した際にすぐ見抜いているはずだよ」

「ええ、そこが私も引っかかってるんですよね……。おじさまの気配を見抜けなかったのは、恐らくおじさまのスキルの方がランクが上だったからだとは思うんですけど……」

「ふん、たかが小娘の気配察知如きに引っかかるほどぬるい人生経験など積んではおらぬわ」

「……あの、その人生経験、絶対法に触れるやつですよね？」

半眼のぴのこにふっと意味深な笑みを浮かべつつ、俺は言った。

「ともあれだ。俺たちの気配を察知できなかったように、勇者殿がその女の正体を見抜けなかったというのであれば考えられるのは一つしかない。そいつが勇者殿よりも高位のスキル使いだったということだ。もしかしたらレベル的にも上かもしれぬ」

「レベル的にも上って……。そんなサキュバスが存在するのかい？」

リザベラさんが信じられないといった表情をする。

確かにSランク冒険者を多数引き連れていたとはいえ、勇者殿はあの〝隻眼〟に戦いを挑むほどの実力者だ。

それを超える者などそうはいまい。

もしいるとするならば――。

「なるほど。〝魔王〟に近しい者というわけか。どうりできな臭すぎると思ったぞ」

「いや、〝魔王〟って……。確かに復活したとは聞いちゃいるけどさ……」

「まあ確証があるわけではないからな。単なる推測でしかないのだが、しかしそれほど高レベルの者であれば、魔王に近しい幹部クラスなのではないかと俺は思う」

「要は四天王的な感じですね。私もその可能性が高いと思います」

「つ、つまりなんだい？　ゲンさんはそんなやつに戦いを挑もうっていうのかい？」

至極不安そうな表情で問うてくるリザベラさんを、俺は優しく抱き締めて言った。

「案ずるな。俺はこの世の誰よりも強い男だ。たかが魔王の配下如きに後れを取ったりはせぬ」

「ああ、分かってる……。でもやっぱり心配なんだよ……。この優しい温もりがいきなりあたしの前からなくなっちまうんじゃないかってさ……」

「ふ、ならば今宵はその身体にたっぷりと刻んでくれよう。二度と忘れられぬほどたっぷりとな」

「もう、あたしは真剣なんだよ……？」

「分かっている。俺も真剣だ」

――ちゅっ。

「……あの、毎回この流れでプレスに持っていくのやめてもらえませんかね？　というか、イチャついてる場合じゃないでしょうに……」

「まあそう言ってくれるな。どのみち今は身動きが取れんのだ。それにさっきも言ったが、今回の作戦には勇者殿の協力が必要不可欠だからな。明日改めて彼女に会いに行こう」

「協力してくれますかねぇ……」

「問題はない。俺にいい考えがある」

「……それ絶対ろくな考えじゃないですよね？」

◇

というわけで、リザベラさんにオールナイトプレスでたんまりと温もりを与えた俺は、朝食後に再び勇者邸へと向かうことにした。

もちろん街中は今も厳戒態勢が続いており、そこかしこを兵士たちが巡回している。

そんな道すがら、ぴのこがどこか納得いかなそうに言った。

「それにしても何故皆さんおじさまを怪しいと思わないんですかね……。こんな目立つ金ピカなのに誰も声をかけてこようとしませんし……」

「ふ、むしろ目立つ金ピカだからこそ怪しまれんのだ。よもやこんな目立つやつが勇者襲撃の犯人だとは思うまい」

「まあそうなんですけど……」

「うむ。しかもそれを身に付けているのが小太りのおっさんともなれば、皆思うことはルーファの冒険者たちと同じく、〝身の程を知れ〟というこの一点に尽きるだろう。要は彼らにとって俺は職質する対象にすらなってはいないのだ」

「……なるほど。怪しまれるより先に小馬鹿にされるので疑われづらいと……。でもなんかそれはそれでちょっともやっとしますね……」

「まあ仕方あるまい。見てくれというのはそれだけ重要ということだ。ともあれ、一つ確認しておかねばな」

　そう言って俺は近くで休憩していた中年の兵士に声をかける。

「すまない。朝から随分と物々しい雰囲気に見えるのだが何かあったのか？」

「うん？　ああ、勇者さまのお屋敷に賊が侵入したらしくてな。あんたは冒険者かい？」

「ああ、そうだ。とはいえ、Ｆランクの新米だがな」

　懐から緑色のプレートを見せると、兵士ははっと笑って言った。

「なるほどな。どうりでそんな目立つ鎧を身に付けてるわけだ。お節介かもしれんが、冒険者として成功したけりゃもう少し実用性のあるやつにした方がいいぞ？　その体型ならなおさらだ」

「そうだな。俺もそう思っていたところだ。ところでその賊の捕縛クエストなどはギルドに発注されているのか？」

「いや、勇者さまも姿までは見ていないらしくてな。おかげで俺たちがこうして見回りを強化してるってわけさ」

「そうなのか。それは残念だ」

「はは、まああんたはまだ新米なんだ。あんま難しいクエストは受けない方がいいぜ？　早死にしたくなけりゃよ」

「そうだな。肝に銘じておこう。時間をとらせてすまなかったな。よければこいつで一杯やってくれ」

「お、わりぃな。ありがとよ」

礼代わりの硬貨を兵士に渡し、俺は再び歩き始める。

「というわけで、勇者殿は詳細な情報を周囲には伝えていないようだな」

「まあレオタードの変態にフライングプレスでノックアウトされたなんて、口が裂けても言えませんからね……」

「うむ。であれば彼女に会うのは容易いだろう。俺がそのレオタードの変態でよかったな、ぴのこ」

「いや、ちょっと何言ってるのかよく分からないですね……」

◇

そうして再び勇者邸へと赴いた俺たちだったが、当然、門の前には重装の兵士たちの姿がずらりとあった。

恐らくは庭や屋敷内の警備もかなり厳重になっていることだろう。

「……むっ？」

俺たちに気づいたらしい兵士の一人が槍を向けながら言った。

「止まれ。なんだ貴様は？」

「俺は冒険者のゲンジだ。勇者殿と面会の約束があったのだが聞いていないか？」

俺の問いに兵士たちが顔を見合わせる。

もちろんそのような約束などしているはずもないので、兵士は首を横に振って言った。

「いや、知らんな。そもそも今は非常時なのだ。分かったらさっさとここから立ち去れ」

「ふむ、それは困ったな。こちらも火急の用なのだ。悪いが一度だけ確認してはもらえぬだろうか？」

このとおりだ、と頭を下げると、兵士は面倒臭そうに嘆息して言った。

「仕方あるまい。――おい、誰かいないか？」

「はっ、なんでしょうか？」

「勇者さまと面会の約束があるという男がきた。本当かどうか確認してきてくれ。確か名前は……」

「ゲンジだ。彼女にはこう伝えてくれれば分かる。――〝天蓋裏のレオタード〟と」

◇

それからほどなくして、勇者殿が直々に俺たちを出迎えにきた。

昨夜は就寝時ゆえラフな恰好だったが、今日はドレスのような軽鎧と聖剣装備の完全武装である。

白目を剥いていたのが嘘のように思えるほど凛然とした顔立ちをした赤毛のおかっぱ美女だ。

恐らく年齢は二十歳くらいではなかろうか。

俺たちの姿を確認した彼女は、「……なるほど」と声に怒気を孕ませて言った。

「確かに見覚えのある体型だ。そこの使い魔もな」

――ぎろりっ。

「ひいっ⁉　わ、私は一応止めたんですよ⁉　で、でもこのおじさまがどうしても行きたいと聞かずに――」

「ぴのこ」

「えっ？」

「共に逝こうぞ（微笑み）」

「いや、逝きませんよ⁉」

がーんっ、とショックを受けるぴのこを尻目に、俺は勇者殿に言った。

「あなたに話があってきた。できれば人払いを頼みたい」

「いいだろう。私も貴様らにはちょうど用があったところだ。武錬場に案内してやる。そこでゆっくりと話を聞こうか」

そう告げた後、勇者殿が踵(きびす)を返していく。

そんな彼女の鬼でも宿っていそうな背中を見やりつつ、俺はぴのこに言ったのだった。

「ふむ。用があるのは貴様〝ら〟だと言っていたな」

「ふえぇ～……。私、何もしてないのにぃ～……」

そうして俺たちが案内されたのは、屋敷の地下に建造されていた闘技場のような空間だった。

ぴのこ曰く、壁には〝対魔法・対衝撃術式〟のようなものが使われているといい、ちょっとやそっとの攻撃では壊れない造りになっているという。

どうやら彼女は日々ここで鍛錬を行っているらしい。

謹慎中とは聞いていたが、さすがは勇者と言ったところだろうか。

身体の方はまったく鈍(なま)ってはいないようである。

「さて、まずは私からだ。改めて貴様らに問う。昨晩私を襲ったのは貴様らだな？」

――ぎろりっ。

「え、えっと……このおじさまがやりました」

「ぴのこぉ……」

恐らく威圧感に耐えきれなかったのだろう。

気まずそうに目を逸らしながら、すっと俺を指差すぴのこを今晩のプレス要員に確定しつつ、俺は言った。

「確かに昨日あなたの部屋に侵入したのは俺たちだが、別に襲おうとしたわけではない。あれはただの不幸な事故だ」

「ただの不幸な事故、だと……っ？」

「そうだ。俺たちの目的は〝勇者〟と呼ばれるあなたがどんな人物かを隠れて確かめることだった。だが見つかりそうになったので、咄嗟にベッドの天蓋裏に身を隠した。そこにあなたが横になり、大声を上げたことで俺も少々びっくりしてしまった。で、手が滑って落ちた」

「そして私は汚されたと……っ」

「いや、それは誤解だ。確かにベッドにめり込ませてはしまったが、断じてあなたを汚すような真似はしていない。本当だ」


「――嘘を吐くなッ！」


――どぱんっ！

「ぬうっ⁉」「ひいっ⁉」

闘気の衝撃波で砂埃を巻き上げた後、勇者殿はどこか恥ずかしそうに顔を赤らめながら両腕で自身の身体を抱き、声を荒らげた。

「ならばこの身体の火照りを一体どう説明する⁉　貴様が意識を失った私に……あ、あんなことやこんなことをした何よりの証拠だろう⁉」

「……あんなことやこんなこと？」

「いや、そこ反応してる場合じゃないですから……。あの人多分むっつりなんですって……」

「だ、誰がむっつりだ⁉　私は勇者だぞ⁉　そ、そんな不埒なことになど一切興味はない！」

「「……」」

これは興味あるやつだなぁ……、という顔をする俺たちだが、ぴのこよ忘れるなかれ。

あなたもまたそのむっつりだということを。

「ともあれ、それも誤解だ、勇者殿。あなたの身体は俺の治癒スキルにより一時的に危険日になっているだけに過ぎん。数日もすれば元に戻るはずだ」

「ふざけるな！　そんなスキルがあって堪るか！」

それがあるから困っているのである。

確かに危険日にはなるが、瀕死のリザベラさんですら救った素晴らしいスキルなのだがな。

「いや、そもそもがそれ以前の問題だ！　あんな変態みたいな恰好で女の部屋に侵入するなどまともな人間のすることではない！　しかもその理由が私の人柄を知るためだと⁉　ならばなおのことあの恰好は必要ないではないか！」

「ぐうの音も出ない正論ですよ、おじさま……」

「いや、そうとも言い切れぬぞ」

「「……？」」

女子たちが揃って怪訝そうに眉を顰める中、俺は腕を組んで言った。

「俺には現状三つのスタイルがある。昨晩あなたが見た潜入用レオタードと、今着ているこの金ピカの鎧、そして――」

ばきんっ！　と俺は《送り狼の鎧》を弾き飛ばし、《天牙》を地面に突き立てて言った。

「このブリーフ一丁オークスタイルだ。金ピカの鎧が潜入に向かぬ以上、レオタードかブリーフの二者択一になるわけだが、つまりあなたはこのオークスタイルの俺に出会いたかったと、そういうわけだな？」

「そ、それは……」

「そう考えればレオタードの方が幾分かマシであろう？　そうは思わぬか？」

「た、確かに……っ」

「いや、〝確かに〟じゃないですよ……。なんで普通に納得しちゃってるんですか……」

ぐぬぬと唇を噛み締める勇者殿にぴのこが半眼を向ける中、俺は再び腕を組んで言った。

「しかしあなたの怒りはもっともだ。故意ではなかったとはいえ、俺があなたを傷つけたことに変わりはないのだからな。ゆえに半殺しくらいであれば甘んじて受け入れる所存だ」

「……ほう？　それは随分と殊勝な心がけだな？　だがその程度で我が屈辱が晴れるとでも思っているのか？」

「いや、今のあなたの心情を思えばそれは難しかろう。だが俺とてここでむざむざ殺されるわけにはいかぬ。ゆえにあなたの感情をさらに逆撫でするやもしれぬが、俺なりにもう一つ人生をかけた責任の取り方を考えた。聞いてはもらえぬだろうか？」

「……武人の情けだ。言ってみろ」

恐らくは何かを察しているのだろう。

すっと聖剣を鞘から抜く勇者殿を真っ直ぐに見据え、俺は泰然と告げた。


「――このまま俺のママとなり、俺の子を産んではくれぬか？」


「ぬかせッ！」

――ずがんっ！

その瞬間、勇者殿が雷光の如く突っ込んでくる。

「――ぐえっ⁉」

ゆえに俺は咄嗟にぴのこを安全圏へと放り投げた後、両手のひらに闘気を集中させ、

「――《バストアップ》ッ！」

――ばちんっ！


「何っ⁉」

彼女の刺突を合掌ポーズで受け止めたのだった。

「ば、馬鹿な⁉　私の一撃を素手で受け止めただと⁉」

「当然だ。我が奥義《バストアップ》の前ではクーパー靭帯を切るような攻撃は無意味。よって

あなたの刃は俺には届かぬ」

「くっ、わけの分からないことを⁉」

ぶんっ！　と強引に拘束を振り払い、勇者殿が距離を取りながら雷撃魔法を放つ。

「食らえッ！　――《ギガエクレール》ッ！」

――ぴしゃーんっ！

恐らくは最強クラスであろう威力を誇る迅雷の一撃だったのだろうが、

「――なっ⁉」

「無駄だ。そんな雷ではこの0・01ミリの薄壁ですら破ることはできぬ」

俺の発動させた全身をゴムの壁で覆うバリアスキル――《ザ・マナー》の前ではまったくの無意味であった。

「な、なんなのだ貴様は……っ⁉」

当然、驚愕の表情で後退る勇者殿に、俺はゴム壁を解いて告げる。

「そういえばまだ自己紹介をしていなかったな。俺の名はゲンジ。世界最強の〝種付けおじさん〟だ」

「種付けおじさん、だと……っ？」

「ああ、そうだ。もっとも俺は合意の上でのみ種付けする〝光の種付けおじさん〟だがな」

「ふざけたことを……っ。何が〝光の種付けおじさん〟だ⁉　ならば私にしたあれは一体なんだと言う⁉」

「だから誤解だと言っているだろう？　確かに出会い方は最悪だったと思うが、少なくとも俺たちはあなたの敵ではない。それを証明する手立てもある」

「……証明する手立てだと？」

「ああ、そうだ。確かその聖剣は〝勇者にしか扱えない〟のだったな？」

「当然だ。ゆえにこれを盗むことは絶対に叶わぬ。何故なら私以外の者が触れると、とてつもなく重くなるからだ」

「そうか。それを聞いて安心した。ならばその聖剣――今すぐそこの地面に突き立てるがよい」

「……何っ？」

怪訝そうに眉根を寄せる勇者殿に、俺は地面を指差して言った。

「いいから突き立ててみろ。もし俺がそれを抜けなかったら遠慮はいらん――その時は俺たちの首をあなたにくれてやる」

「えっ⁉」

なんで私まで⁉　とぴのこがすこぶるショックを受ける中、勇者殿が不遜に笑って言った。

「いいだろう。ならばその時は容赦なく貴様らを聖剣の錆にしてくれる」

ざんっ！　と勇者殿が地面に聖剣を突き立てる。

「ふ、交渉成立だな」

「い、いやいやいやいや⁉　何勝手に成立させてくれちゃってるんですか⁉　そんなの絶対無理ですよ⁉」

「ほう、何故そう言い切れる？」

「そりゃあの聖剣エクスカリボールが本当に〝勇者しか使えない〟からに決まってるじゃないで

すか⁉」

「ふ、案ずるな。勇者に使えて種付けおじさんに使えぬ道理など存在せぬ」

「するからこんなに慌ててるんですよ⁉　その根拠のない自信は一体どこから来るんですか⁉」

激高するぴのこの問いに、俺は歩を進めながら一言こう言った。

「――信じろ」

「おじさま……」

そうして聖剣の前に立った俺は、その柄を右手で握りながら言った。

「ところで言い忘れていたのだが、もし抜けた時は俺たちの話を聞いてくれ。あとママにもなってくれ。子どもも頼む」

「注文が多いな……。ふ、だがまあいいだろう。そんなことなど絶対にあり得はしないのだからな」

馬鹿めと言わんばかりに勇者殿がしたり顔を浮かべる。

なので俺は、

――ぬぽっ。


「ほら、抜けたぞ」

「……はっ？」「えっ？」

早々に聖剣を抜いてみせたのだった。

「なるほど。こいつが聖剣か。確かに軽くて使いやすいな」

　ぶんぶんとその感触を確かめるように聖剣を振り回していると、勇者殿がはっと正気を取り戻して言った。

「い、いや、ちょっと待て⁉　何故平然と振り回している⁉　というか、何故普通に抜ける⁉」

「無論、俺もまた〝勇者〟だからだ。抜けるのは当然のことよ」

「き、貴様も勇者だと……っ⁉　ば、馬鹿な！　そ、そんなことなどあり得るはずがない！　勇者とは〝正しき心を持つ者〟のことだ！　断じて貴様のような不埒な男がなれるようなものではない！」

「――違うな。いや、〝半分正解〟と言ったところか」

「何っ⁉」

「勇者とは正しき心を持ち、そして何より〝勇敢なる者〟のことだ。どんな苦境にも決して挫けず立ち向かう者のことなのだ。いくら正しい心を持とうが勇気がなければ勇者にはなれぬ。ゆえに俺は勇者になった。技術料に値引きは不要とクーポンの類を一切使わぬ正しき心と、決してキャンセルしない勇気によってな」

「しかもその〝キャンセルしない勇気〟が〝優しさ〟からきてるのが一番タチ悪いんですよね……（遠い目）」

「そう、とどのつまり俺は〝正しき心〟と〝勇気〟、そして〝優しさ〟の勇者三大要素を全て兼ね備えているのだ」

「だから貴様も勇者だと……っ⁉」

「ああ、そうだ。もっとも俺はあなたのような生まれついての勇者とは違い、後天的に勇者として認められただけに過ぎんがな。単に数多くの修羅場を潜り抜けてきただけの話だ」

ほら、と俺が聖剣を軽く投げて返すと、勇者殿はそれを流れるような動きで受け取った。

「……なるほど。私、やっと分かりましたよ。何故おじさまが聖剣を扱えたのかを。〝天賦による勇者〟ではなくスキル――つまりは〝生き様による勇者〟ということですね？」

「そういうことだ。無論、意味合いなどは違うが〝勇者〟であることに変わりはない。であれば〝勇者にしか使えない剣〟も使えるだろうよ」

「くっ、そんなことが……っ」

悔しそうに唇を噛み締めた後、勇者殿はこう声を張り上げた。


「――殺せ！　貴様のような男に辱めを受けるくらいなら死んだ方がマシだ！」


「――っ⁉」

「いや、〝生くっころだぞ、ぴのこ！〟じゃないんですよ……。なんでそんな芸能人に会えたみたいな顔しちゃってるんですか……」

「まあ仕方あるまい。くっころ女騎士と対〇忍は俺たちのアイドルのようなものだからな」

「はあ、そうですか……」

とはいえ、このままでは話が進まなそうなので、俺は穏やかな口調で言った。

「ともあれだ。少し落ち着くがよい、勇者殿。俺は別にあなたを辱めるつもりなど端からないのでな」

「……何っ？」

「さっきも言ったが、俺は合意の上でしかプレスには及ばぬのだ。まあそういうプレイを望むというのであればやぶさかではないのだが……」

「しかし私は貴様との勝負に負けたのだぞ？　見逃すと言うのか？」

「ああ。あなたがそれを望むというのならばな」

　俺がそう告げると、勇者殿は一瞬驚いたような顔をした後、気まずそうに視線を逸らして言った。

「……少し考える時間が欲しい。さすがに今すぐ決められる話ではないのでな……」

「うむ、好きなだけ考えるがよい。というわけで、その間に〝本題〟の方を片づけることにしよう」

「……本題？」

　怪訝そうに眉を顰める勇者殿に、「ああ」と頷いて言った。

「元々俺たちはそれをあなたと話すためにここに来たのだ。ゆえに単刀直入に訊きたい。あなたは新しい王妃のことをどう思っている？」

「……それは、どちらの意味での質問だ？」

「無論、あなたが考えている意味での質問だ。でなければわざわざ己が力を見せつけたりはせぬ。これでも一応〝勇者〟なのでな。風体は気になるやもしれぬが、信用してくれて構わん。そうだろう？　ぴのこよ」

「いや、私に言われても……。ただこのおじさまは変態ですけど悪い人じゃないのは確かです。それなりに腕もありますし、きっとあなたのお力になれると思います。変態ですけど」

「……」

ぴのこの言葉にしばし考える素振りを見せる勇者殿だったが、やがてほうっと嘆息して言った。

「……分かった。どのみちこのままでは国の存亡に関わるのだ。癪だが貴様らの力を借りるとしよう」

「ああ、承知した。ではよろしく頼むぞ、勇者殿」

すっと右手を差し出した俺に、勇者殿は半眼を向けて言った。

「オパールクァンツだ。皆からは〝パール〟の名で呼ばれているが……まあ好きに呼ぶがいい。認めたくはないが貴様も勇者なのだろう？　ならば私を〝勇者〟と呼ぶのはやめろ。なんだか馬鹿にされているようで非常に不愉快だ」

「ふむ、それは失礼した。しかし本当になんでもよいのか？　こう言ってはなんだが、あなたは少々肩に力が入りすぎているように見えるのでな。ちゃん付けなどの多少くだけた感じの方が気も抜けるのではないかと考えているのだが……」

「ふん、余計なお世話もいいところだ。いいから貴様の好きなように呼べ。ちゃん付けだろうとなんだろうと、その程度を許容できずしてなんの勇者か。あまり私を舐めるな」

「……そうか。ならば俺から言うことは何もあるまい。では改めてよろしく頼むぞ、おパンツちゃん」

「……」

——ちらっ。

「いや、そんな泣きそうな顔でこっち見んでください……。というか、たぶんおじさまはそうやって肩肘張って勇者勇者しすぎていると、簡単に足をすくわれるぞってことを伝えたかったんだと思いますよ？　たぶん……」

「ふ、ぴのこよ。そういうことは言わぬが花ぞ」

「いや、言わなきゃただのセクハラですよ……」

「くっ、分かった……っ。ならば私も勇者としてこの恥辱に耐えよう……っ」

「そしてあなたは何も分かっていないのでもうおパンツさんでいてください……」

ぐぬぬと再びくっころしかけているおパンツちゃんことパールちゃんと、俺は固い握手を交わしたのだった。

◇

その後、念のため完全防音の《MM馬車号》を喚び出し、俺たちは話の続きをすることにした。

この中ならばたとえ周囲から誰かが近づいたとしてもすぐに分かるからな。

まあそれ以外にも一つ目的があるのだが、今はまだ捨て置いていいだろう。

「さて、それでは本題に入ろうか。俺たちの見立てではサキュバス系統の淫魔——それも魔王に近しい幹部クラスが化けているのではないかと睨んでいる。あなたの見解はどうだ？」

「そうだな。この私でも気配を探れなかった以上、かなり高ランクのスキル持ちだというのは分かっている。そして陛下を含めた大臣たち――つまりは〝男〟が勇者である私の意見をまったく聞き入れなかったことから鑑みるに、高レベルなサキュバス系統の淫魔というのはあながち間違いではないだろう」

「なるほど。まあ王さまだけではないとは思っていたが、やはり大臣たちも籠絡済みというわけか」

「であろうな。程度の違いはあれ、何かしらの魅了を受けている可能性が非常に高い。自分で言うのもなんだが、これでも私は彼らからかなりの信頼を得ていたからな。それが少し疑問を呈しただけで謹慎を命じられた。取り付く島もないほどに罵倒されてな……」

よほどショックだったのだろう。

パールちゃんがやりきれないような表情を見せる。

「気にするな。それは彼ら本来の意志ではない。とくにあなたはやつらが目の敵にしている本物の勇者さまだからな。精神的にダメージを与える意味合いもあったのだろう」

「……そうだな。事実、私ととくに親交の深かった騎士たちが次々に消息を断ったという話を耳にしてはいるが、このとおり私はただ手をこまねいていることしかできずにいたのだ……。まさにやつらの狙い通りというわけだよ……」

「ふ、だがそのおかげで俺たちはこうしてあなたと出会うことができたのだ。その点だけはやつらに感謝せねばなるまい。というわけで、何か礼をしに行かねばな。あなたもいい加減バカンスには飽きただろう？」

俺の問いにパールちゃんは一瞬目を丸くしたかと思うと、ふふっと笑って言った。

「そうだな。確かにいい加減身体が鈍りかけていたところだ。私も長い休暇をくれた礼をしてやるとしよう」

　そうして互いに微笑み合う中、俺は周囲を見やって言ったのだった。

「さて、ではその前に少しばかり〝客〟の相手をするとしようか。俺の見立て通り随分と集まってくれたようだからな」

「え、客って……ええっ⁉　な、なんなんですかあの人たちは⁉」

　いつの間にやらぞろぞろと姿を現した兵士たちに、ぴのこがびくりと肩を震わせる。

　兵士たちの目はどこか虚ろで、いわゆる〝レイプ目〟というやつであった。

「どの兵士たちも正気には見えんが、よもや門扉を守っていた兵たちまで現れるとはな……。元より魅了済みというわけか……」

「だろうな。恐らくはこれを機にパールちゃんを亡き者にするつもりなのだろう。俺の装いは些か目立ちすぎるからな。犯人として仕立て上げるには色々と都合がよいというわけだ」

「で、ですが厳戒態勢の中での暗殺は逆に民衆の信頼を損ねるのでは……？」

「ああ。ゆえに順序を逆にするのだ。パールちゃんの死因は襲撃時の毒などによるものとし、自分の死期を悟った彼女が国の協力のもと、最期に一矢報いた的な感じでな」

「な、なるほど。確かに自ら敵の正体を暴こうとしたというのであれば、お国としての責任追及は免れられるかもしれませんね。助力を仰いだのならなおさらです」

　神妙に頷くぴのこに、パールちゃんが肩を竦めて言った。

「やれやれ、本人の与り知らぬところで勝手に美談を作らないで欲しいものだな。それで何か？

私の最期の抵抗で暗殺者の裏に別の国の思惑があることを掴んだと？」

「恐らくはそう発表するだろうな。そうしてめでたく戦争ルートに突入だ。今の今まで国に不満を抱いてきた民衆も敬愛する勇者さまが殺されたとなれば話は別――憤りをそちらに向けることだろう。あとは人間同士が勝手に争って数を減らしてくれるというわけだ」

「なんと卑劣な……っ」

ぐっと唇を噛み締め、怒りに震えるパールちゃんの肩に優しく手を添え、俺は言った。

「案ずるな。この俺がいる限りそのような事態になど絶対にさせぬ。というわけで、あなたたちはここで少し待っていてくれ」

「分かりました」

「ま、待て!? 私も一緒に――」

「いや、恐らく敵は魅了した者の視覚を共有している。たぶんそうだろうとは思っていたが、彼らがここに現れたことで確証を得られた。である以上、迂闊にあなたが手を出すのは危険だ。最悪、反逆罪の濡れ衣を着せられかねんからな。だからここは俺に任せてくれ」

「し、しかしそれでは貴様が……」

「ふ、案ずることはない。元より俺は流れ者よ。……だがそうだな。もしあなたが俺に〝一握りの勇気〟を与えてくれるというのであれば、俺はさらに頑張れるやもしれぬ」

「一握りの勇気……？」

「そうだ。つまりは〝いってらっしゃいのチュー〟よ」

「……」

その瞬間、すーっと真顔になったパールちゃんが音もなく俺から距離を取り、再びクッションに正座する。

なので俺はちらりとぴのこを見やったのだが、彼女はずずずとお茶を啜っている最中だった。

「あ、頑張ってくださいね」

「……ふっ」

やれやれ、困ったおぼこちゃんたちだ。

そうして俺が《MM馬車号》の外に出た時には、すでにほぼ全方位を兵たちに囲まれていた。

奥の方で身を隠すように使用人たちが控えているのは、いずれ肉の盾としてパールちゃんの油断を誘うためか、もしくは手を止めさせるためだろう。

やはり俺の睨んだとおり、ここで決着をつけるつもりらしい。

「さて、傾国の美女さまはどこかでこの状況を覗き見していらっしゃるのかな？」

俺は虚空を見やり、そう問いかける。

通常であればこんな挑発になど乗ったりはしないと思うのだが、

『――あら、意外と鋭いのね。腐っても勇者さまのお仲間と言ったところかしら？』

まあ乗ってくるだろうな。

あんたが勝ちを急ぐ性格だというのは昨日の時点ですでに把握済みだ。

でなければ、あんなにも早く兵たちが街中を埋め尽くすはずはあるまい。

大方魅了した使用人辺りの目を通して状況を知り、歓喜のあまり城への報告が入る前に指示を出したのだろう。

そして今も俺をただのデブのおっさんだと侮っているからこそ挑発に乗ったのだ。

自らの勝利を確信してな。

『ふふ、でもまさか最後に頼ったのがこんな弱そうなおじさまだなんて、いよいよ勇者さまも年貢の納め時というやつかしら？　まあそう仕向けたのは私なのだけれど』

あはははは！　と愉快そうに笑う女性に、俺もまた不敵に告げてやる。

「ふ、それは些か早計というものだぞ、名も知らぬ美女よ」

『……なんですって？』

「これは予言ではなくすでに決定した未来だ。あなたの完璧な計画はもうすぐ瓦解する。たった一人の〝種付けおじさん〟によってな」

『種付け、おじさん……っ⁉』

「そうだ。ゆえに今すぐ降参するというのであればそれ相応の扱いをしてやろう」

『……ふ、ふふ、あはははははっ！　それは随分と面白い冗談ね、おじさま。つまりあれかしら？　私が淫魔の女王――〝サキュバスクイーン〟と知っての挑発かしら？』

ほう、やはり淫魔だったか。

しかも〝サキュバスクイーン〟――つまりは〝ドスケベエロエロ女〟というわけだな？

なるほど――相手にとって不足なし！

「無論だ。あなたこそ俺を一体誰だと思っている？　オークの雌百人斬りを成し遂げし天下無双の益荒男（ますらお）――種付けおじさんのゲンジとはこの俺のことよ」

『あらあら、それは大層なことで。そういえば最近オークたちが新しい王さまを迎えたようだけれど、もしかしてあなたがその〝オークキング〟なのかしら？』

「然り。ゆくゆくは〝サキュバスキング〟にもなる男だ」

『……へえ』

俺の返答にドスケベ女の声のトーンががらりと変わる。

どうやら彼女のプライドを少々傷つけたらしい。

『それはつまりクイーンであるこの私を落とすということなのだけれど、たかが人間の中年男風情が最高位のサキュバスである私に勝とうだなんて、随分と甘く見られたものね』

「ふむ、ならば試してみるがよい」

『……なんですって？』

「だから〝試してみろ〟と言ったのだ。このような姑息な手など使わず正々堂々とな。それとも女王さまはこんな小太りの中年男一人落とせぬほど女の魅力に乏しいのか？」

『言わせておけば……っ。――いいわ。あなたのその安い挑発に乗ってあげる。別に勇者なんていつでも殺せるんだもの。それより今はあなたをどう料理してやるかの方が重要だわ』

「ふ、それは光栄だな」

『ええ。だから今夜、私の寝室に一人で来なさいな。そこであなたの全てを根こそぎ奪い尽くしてあげるわ。自分の発言を心底後悔するくらい根こそぎね』

「よかろう。ならばあなたもせいぜい準備しておくことだな——俺の子のママになる準備を」

『ええ、楽しみにしているわ。私の愛するパパさん』

そう演技がかった口調で告げた後、周囲を覆っていた重苦しい気配が消える。

「……あれ？」

「俺たち何してたんだっけ……？」

「てか、ここどこだ……？」

すると兵士たちが次々に正気を取り戻したのだった。

◇

その夜。

勇者邸二階のベランダにて。

「さて、行くか」

再び潜入用のレオタードに身を包んだ俺に、パールちゃんが声を張り上げて言った。

「ほ、本当に一人で行くつもりなのか⁉　相手は淫魔の女王なんだぞ⁉」

「ああ、分かっている。だからこそ万が一の時のためにパールちゃんにはここに残っていて欲しいのだ。道は必ず開いてみせる。ゆえにあなたは俺を信じてここで待っていてくれ」

「くっ、負けたら承知しないからな……っ」

至極納得いかなそうな表情のパールちゃんにふっと口元を和らげた後、俺たちは月明かりに照らされた城下町へと飛び出していく。

そうして屋根伝いで城へと向かう中、同じくレオタードを身に付けたぴのこが半眼で言った。

「というか、私まで行ったら〝一人〟じゃない気がするんですけど……」

「いや、今のあなたは〝一羽〟だ。ゆえに一人であることに違いはない」

「なんですかその子どもの屁理屈みたいな言い分は……」

「ふ、まあそう言ってくれるな。どのみち例のドスケベエロエロ女も一人で待ってはおらぬだろうよ」

「いや、〝ドスケベエロエロ女〟って……。でもまあそうでしょうね。たぶんお取り込み中にでも、後ろからグサッてされるんじゃないですか？」

半眼で刃物を振り下ろす動作をするぴのこに、俺はやはり笑みを浮かべて言ったのだった。

「問題はない。そのための〝あれ〟だからな」

◇

そうして俺たちは城壁を忍者の如く登り、ベランダから王妃の寝室へと足を踏み入れる。

「はてさて、鬼が出るか蛇が出るか」

「いや、出てくるのはドスケベエロエロ女でしょ……」

はあ……、とぴのこが嘆息する中、ベッドの方から蠱惑的な女性の声が響く。

「――ふふ、いらっしゃい。歓迎するわ、私の愛しいおじさま」


「ぬうっ⁉」

思わず目を見開く。

そこで横になっていたのは、紛う方なきドスケベ女であった。

しかもただのドスケベ女ではない。

豊満な乳房は言わずもがな、肉づきのよい腰回りから四肢に翼、果ては尾の先端に至るまで、その全てが色香という色香で溢れていたのである。

その上、この甘く漂ってくるフェロモンのような香りがまた情欲をそそり、俺の中の〝雄〟の部分を敏感に刺激してくる。

ゆえに俺は「……なるほど」と腕を組んで言った。

「確かに凄まじい色香だが、その程度のドスケベ具合でこの俺を魅了しようとは片腹痛いわ。この際だから言っておくがな、淫魔の女王よ。――種付けおじさんを舐めるな」

――じろりっ。

「いや、そう思ってるんでしたら秒でパンツ吹っ飛ばすのやめてもらえませんかね……。レオタードごと破片が壁にめり込んじゃってるじゃないですか……」

「ふ、まあそう言ってくれるな。それほどいい女だったということだ」

「うふふ、お褒めに与り光栄だわ。それでおじさまはそのいい女を一体どうしたいのかしら？」

蠱惑的な仕草で情欲を煽ってくるドスケベ女に、俺は泰然と腕を組んだまま告げた。

「無論、〝無限種付けプレスアへ顔ダブルピースママルート〟に行ってもらう」

「酷いネーミングセンスのルート……」

何故かぴのこが白目を剥きそうになっているが、まあそれはさておき。

「だがその前にまずはあなたの名を聞こうか。さすがにいつまでも〝ドスケベ女〟では始まるまい」

「あら、私は別にその呼び名も嫌いではないのだけれど……でもまあそうね。あなたが出会った中で最高の女の名だもの。知りたいに決まっているわよね。――〝メリディアナ〟よ。よろしくね、もうすぐ死んでしまうおじさま」

「ほう、この俺を腹上死させようとは大した自信だな」

「ふふ、当然でしょう？　私は淫魔の女王さまなんだから」

「ふ、確かに。ではその女王さまにもう一つ質問だ。パールちゃんの騎士たちをどこへやった？」

「勇者の騎士たち？　ああ、そういえばそんなのもいたわね。でもごめんなさい。私、ああいう正義感に溢れてる人たちって苦手だから全部あげちゃったの。だから彼らがどうなったかは知らないわ。まあ生きてはいないでしょうけどね」

「……そうか。それは残念だ」

できればこれ以上パールちゃんを悲しませたくはなかったのだがな。

しかし〝全部あげた〟、か。

というこはやはり――。

「ぬっ⁉」

その瞬間、ぶわっと室内に花びらが舞い、フェロモンの香りが一層強くなる。

「気をつけてください、おじさま！　サキュバスの魅了攻撃です！」

「ふふ、残念だけれどもう遅いわ！　さあ、身も心も私に捧げなさい！　――《トゥルーテンプテーション》！」

ぐわんっ！　と平衡感覚を崩されるような衝撃が全身を襲う中、俺もまたスキルを発動させる。

「マリリンさん！　あなたの力を俺に貸してくれ！　――《ディープフェイク》！」

――ぶうんっ！

オークの雌百人斬りの際に習得した、ある意味悟りの極意である。

俺の強靱な精神力がドスケベ女ことメリディアナの顔を性欲爆発中のマリリンさんへと変化させていく。

これで計算上は彼女の魅了に耐えられるはずなのだが、

「――ぐおおっ⁉」

「おじさま⁉」

突如股間に走った激痛に堪らず膝を突く。

当然、痛みで自己暗示が解け、マリリンさんの顔が砕け散るようにメリディアナへと戻ってしまう。

一体何が……っ、と未だ激痛の走る股間を見やれば、どうやらすでに臨戦態勢にあった我が子がさらなる膨張を続けているようだった。

「無駄よ。たとえ高ランクの精神耐性系スキルを持っていたとしても、私の《トゥルーテンプテーション》はあなたの〝本能〟に直接訴えかけるわ。つまりあなたの身体が無意識に私を求めているの。求めすぎて思わず大事なものが破裂しちゃうくらい猛烈にね」

「ぐっ、なんと恐ろしいスキルだ……っ。ぐうぅ……っ!?」

「お、おじさま!?　って、ひぃぃ!?　ちょ、あ、あれがナマコみたいになってますよ!?」

ひえぇ～!?　とぴのこが青い顔で俺のナマコをガン見する中、メリディアナが愉悦の笑みを浮かべながら近づいてくる。

「ふふ、苦しいわよね？　私をめちゃくちゃに犯してやりたいわよね？　でもだーめ♪　私の身体には指一本触れさせてあげない。だって私、あなたみたいな醜い豚男大っ嫌いだもの。あははははははっ！　腹上死できなくて残念だったわね！　あなたはここで汚らしく死ぬのよ、おじさま！」

――ぐしゃっ！

「ぐあああああああああああああああああっ!?」

「な、ナマコおおおおおおおおおおおおおっ!?」

メリディアナにナマコを踏みつけられ、俺は目の前が真っ白になったのだった。

◇

「……ぬっ？」

そうして気づくと、俺は柔らかい日差しのもと、青々とした草原の中に横たわっていた。

「ここは……」

ゆっくりと身体を起こしながら辺りを見渡す。

そこで俺が目にしたのは、どこまでも続く緑の海原と、その中でただ一本だけ佇む雄々しき大樹だった。

しかも。


「――やっとお目覚めか。些かお寝坊さんが過ぎるぞ」


「お、お前は……っ⁉」

大樹の根元で座禅を組んでいたのは、俺の見知った一人の男だった。

いや、〝見知った〟などというレベルではない。

それはまさしく――。


「メンタルをがっつりやられた時の俺⁉」

「ふ、そのとおりだ」

オークたちとの激闘で真っ白に燃え尽きた俺自身（痩）であった。

「まあ驚くのも無理はあるまい。自分と話す機会などそうはないだろうからな」

至極穏やかな口調で話す俺（以下老け顔）に、俺（以下デブ）は腕を組んで言った。

「なるほど。つまりここは俺の心の内というわけか」

「そういうことだ。理解が早くて助かるぞ、デブよ」

「ふむ。しかし何故俺はここにいる？　確かドスケベ女の卑劣な罠に嵌まっていたはずだが……」

「ああ、そのとおりだ。お前はあの女に追い詰められ、今まさに死に瀕している。ゆえに封じられていた俺が出てきたというわけだ」

「お前を封じていただと？　確かにある意味トラウマのようなものではあるが、俺は自分の経験を人生の糧として歩むことを常としている。ゆえに封じた覚えなど一切ない」

そう断言する俺に、老け顔はゆっくりと首を横に振って言った。

「いや、封じたのだよ。何故ならお前は〝種付けおじさん〟だ。である以上、お前にとって最も恐れるべきものはなんだと思う？」

「……まさか〝ＥＤ〟か⁉」

「ある意味正解だ。が、答えは〝性欲〟だ。これを失えば最後、お前は種付けおじさんではいられなくなるだろう」

「……確かに。むしろ強靱なる性欲があったからこそ、オークの雌百人斬りを成し遂げられたと言っても過言ではないのだからな」

「そう、種付けおじさんの強みはその常に溢れ続ける無限の性欲だ。が、それは時に諸刃の剣にもなり得る。ドスケベ女の件がいい例だろう。元より強い性欲をさらに増幅させられ、結果的に制御できなくなってしまったのだからな」

「くっ、まさに天敵というわけか……っ」

ぐっと拳を握り、悔しさを噛み締める。

何が最強の種付けおじさんだ……っ。

俺は自分の身体一つすら満足に抑えつけることもできてはおらぬではないか……っ。

「ふ、そう悔やむな。それゆえに俺が出てきたのだからな」

「……どういうことだ？」

「言っただろう？　俺はお前が封じたお前自身だ。いや、正確にはお前が封じた〝スキル〟だ」

「スキル、だと……？」

「ああ、そうだ。種付けおじさんたるお前には不要とされたスキル。だがそれを使いこなしてこその種付けおじさんだ。ゆえに今ここにその全てを解き放とう。さあ、我が名を呼ぶがいい。我が名は――」

◇

「――《賢者モード》」

「なっ⁉」「えっ？」

　ばしゅうっ！　と《トゥルーテンプテーション》を弾き飛ばした俺に、メリディアナが驚愕の表情を浮かべながら後退る。

　そんな中、俺は一切の邪念が消えた清らかな面持ちで再び立ち上がった。

「な、ナマコさまが元のお姿に……って、うぽえっ⁉　よくよく考えたらなんてものをガン見してるんですか私は⁉」

　どうやらナマコの暴走も収まったようだ。

　さすがは全ての性欲を消失させる《賢者モード》である。

「あ、あなた一体何をしたのよ⁉　なんで私の魅了が効かないの⁉」

「それは俺の中から一切の性欲が消え失せたからだ」

「は、はあっ⁉　そ、そんなことあるわけないじゃない⁉　私の魅了は本能を強制的に刺激するのよ⁉　ならあなたには本能がないっていうわけ⁉」

　躍起になって反論してくるメリディアナに、俺は首を横に振って言った。

「いや、それは生物的に無理な話だ」

「だったら――」

「だが本能レベルで性欲を減退させることは可能だ。何故なら《賢者モード》――つまりは〝射精後不応期〟もまた本能によるものだからだ」

「射精後、不応期……？」

「そうだ。遙か古の時代、自然界に生きていた男たちは常に死と隣り合わせだった。ゆえになるべく隙を生じる時間を少なくするべく、本能的に射精後は性欲が減退するよう進化してきたのだ。そして俺の《賢者モード》はそれを強制的に発動させることができる。あなたが俺の性欲を強制的に増幅したのと同じようにな」

「ま、まさかそんなことが……っ⁉」

さあっとメリディアナが顔色を青ざめさせる中、俺はふっと笑みを浮かべて言った。

「というわけで、お仕置きの時間だ、淫魔の女王よ。さあ、選ぶがいい。俺の子のママになるか、それとも俺のママになるのかをな」

「い、いやああああああああああああああああああああっ⁉」

が、その時だ。


「――おじさま危ない⁉」


「ぬうっ⁉」

ざんっ！　とさっきまで俺の立っていた床が大爪で深く抉られる。

せっかくこれから触手プレイにでも興じようかと思っていた矢先の不意打ちだ。

どこから現れたのかは知らぬが、やはり伏兵がいたらしい。

やつはその鋭い歯牙でびっしりと埋め尽くされた大顎をあくどく歪ませて言った。

「――だから言ったじゃない。アタシも手を貸そうかって」

「お、お前は⁉」

全身を覆う白銀の体毛から覗く筋骨隆々の身体と、両手足に備わった鋭利な刃物を思わせる大爪。

そして何より、そのどんな獲物の骨でも噛み砕くであろう大顎で喉を鳴らす姿はまさに――。

「オネエ系ウェアウルフ！」

「いや、言い方……。緊張感なくなるじゃないですか……」

半眼のぴのこを尻目に、俺は突如姿を現したオネエ口調の人狼種に睨みを利かせる。

この状況でメリディアナを助けに入るくらいだ。

恐らくはやつもまた魔王軍の幹部であろう。

「し、仕方ないじゃない⁉　あのおじさん、わけの分からないスキル使ってくるんだから⁉」

「へえ、あんなに弱そうなのにねぇ。でもまあアタシの一撃を避けるくらいだし、身体能力の方はそこそこあるみたいだけれど」

「なるほど。オネエならば淫魔の魅了にも耐性があるというわけか。よく考えられたバディだな」

「まあそれだけじゃないんだけどね？　いわゆる利害の一致？　みたいなやつだし。で、そういうアナタはそこのひよこちゃんがお友達なのかしら？」

「いや、友人ではない。――〝ママ〟だ」

「違いますよ……。真顔で適当なこと言わんでください……」

ぴのこが呆れたように半眼を向けてくる中、俺はやつから目を離さずに言った。

「それはさておきだ。お前に一つ聞きたいことがある」

「あら、何かしら？　というか、アタシには〝フェンリララ〟っていう素敵な名前があるのだけれど？」

「そうか。では聞こう、フェンリララ。――パールちゃんの騎士たちを殺したのはお前だな？」

俺の問いに、やつは再びその大顎を歪ませて言った。

「アハハハハッ！　意外と鋭いのね。ええ、そうよ。アタシが全部食べちゃったの。だってアタシ、ああいう正義感に燃える子たちの心を折るのが大好きなんだもの。だから思いっきり残酷に殺しちゃったわ♪」

「……そうか。ならばお前を生かしておく必要はないな」

静かにそう告げた後、俺はずりゅりと虚空に右手を突っ込み、そしてとあるものをこちら側へと引きずり出す。

「「――っ⁉」」

そうして音もなく着地した〝彼女〟に、メリディアナたちが揃って目を見開く。

それはドレスタイプの軽鎧に身を包み、どこか神秘的な輝きを放つ剣を携えた一人の女性だった。

「――ほう、貴様らが魔王の配下か」

そう、俺がアイテムボックスから取り出したのは他でもないパールちゃんだったのだ。

「な、なんで勇者ちゃんがここにいるのよ⁉　ちょっとメリディアナちゃん⁉」

「し、知らないわよ⁉　今だって勇者は屋敷に……って、何よこれ⁉　勇者の姿が消えて……っ⁉」

無論、屋敷に残してきたのは《VRニケ》ならぬ《VRオパールクァンツ》である。

万が一の時の伏兵を考えて彼女をアイテムボックス内に忍ばせておいたのだ。

「でもまさか時間停止中の人をアイテムボックスが〝死人〟と認識するとは思いませんでしたよ……。まあどちらも時間に干渉するものなので、親和性があったのかもですけど……」

「ふ、まさに知略のなせる業だな」

不敵な笑みを浮かべつつ、俺は「ともあれ」とパールちゃんに言った。

「やつがあなたの探していた騎士たちの仇だ」

「……そうか」

ぎろりっ、と彼女が視線を向けた先では、フェンリララが大きく嘆息しながら肩を竦めていた。

「あーやだやだ。まさか勇者ちゃんが出てくるとは思わなかったわ。でもしょうがないわよね。どうせいつかは殺さなくちゃいけなかったわけだし」

「……本当に貴様が彼らを殺したのか？」

「ええ、そうよ。アナタにも見せてあげたかったわ。生きたままアタシに食われて、無様に命乞いする騎士たちの姿をね」

「……っ」

ぎりっと歯を食い縛って挑発に耐えた後、パールちゃんは静かに怒りを滾らせて言った。

「あいつは私がやる。貴様は淫魔の方を頼む」

「承知した。だが一つだけ忠告だ、パールちゃん。絶対に無理はするな。やつはドスケベ女よりも強いぞ」

「分かっている。それと私からも貴様に一つ言いたいことがある」

「なんだ？」

「――今すぐパンツを穿け（血走った目）」

「……ぴのこ」

「へい、こちらに……（予備のブリーフを摘まみながら）」

そういえば全裸だったな、俺。

◇

「はあああああああああああああっ！」

ずがんっ！　とパールちゃんが窓をぶち破ってフェンリララとともに外へと飛び出していった後、俺はパンツ一丁の状態でメリディアナと対峙する。

　さすがにこれだけの騒ぎになれば衛兵たちにも気づかれたようで、廊下の方から怒声とともに多数の足音が近づいてくる。

「――《処女厨》ッ！」

「ヒヒーンッ！」

　ゆえに俺は処女厨を呼び、柴犬と協力して廊下の兵士たちを引きつけてもらおうと思ったのだが、

「ブルルッ……カァ～ペッペッペッ！」

「はあっ⁉」

　やつはメリディアナの姿を確認するや、汚物でも見るかのように唾を三発も床に吐き捨てていったではないか。

「いや、ビッチ相手だとどちゃくそ態度悪いじゃないですか……」

「まあ仕方あるまい。突き殺さなかっただけ大人になったということだ。エイシスにプレスした翌日などは泣きながら酒を呷っていたからな」

「いや、もうそれユニコーンじゃなくてただのおっさんですよ……」

　がっくりとぴのこが肩を落とす中、俺はメリディアナに視線を向けて言った。

「ともあれだ。一応聞いておくぞ、淫魔の女王。大人しく降参する気はないのだな？」

「冗談じゃないわ。誰があなたみたいな気持ち悪いおじさんの子なんて産むもんですか。鏡見て出直してきなさいな」

「そうか。では仕方あるまい。基本的には光の種付けおじさんな俺だが、あなたは少々やりすぎたのでな。ここは心を鬼にして闇の種付けおじさんにならせてもらうぞ」

ゴゴゴゴゴッ、と威圧感を全開にする俺に、メリディアナが強がるように笑みを浮かべて言う。

「ふ、ふん、果たしてそう上手くいくかしら？　確かにあなたに私の魅了は効かないわ。けれどそれはあなたがわけの分からないスキルで性欲を抑えているからでしょう？　でも抑えたままじゃ私を攻撃することはできない。何故ならあなたのスキルはいやらしいことにしか使えないから。違う？」

「ふむ、さすがは淫魔の女王と言ったところか。確かにあなたの言うとおり、種付けおじさんたる俺のスキルはそのほとんどが性的な意味合いを持つものばかりだ。そしてそれこそが俺の強さの真髄でもある」

「だったら――」


「だがそれは〝光の種付けおじさん〟の話だ」


「えっ？」

「言っただろう？〝心を鬼にする〟と。確かにあなたはとても魅力的な女性だ。できれば今すぐにでもオールナイトプレスに入りたいと思うくらいにな。だがそうすると俺の方が詰んでしまう。ゆえにここは心を鬼にしてあなたに〝放置プレイ〟を課す！」

「なっ⁉」

「あの、なんか心の鬼の仕方がおかしくありません……？」

――がしっ！

「きゃあっ⁉　な、なんなのよこれ⁉」

ぴのこが半眼を向けてくる中、突如メリディアナの背後より伸びてきた鎖付きの手枷と足枷が彼女の四肢を拘束し、ずるずると後ろに引っ張っていく。

その先に待つのは分娩台のような椅子の置かれた部屋だった。

「結界スキル――《○○しないと出られない部屋》だ。これからあなたにはそこで健全なマッサージ器具によるリンパマッサージ（意味深）を受けてもらう。とりあえずそうだな、千回ほど寸止め地獄を味わったら出してやろう。せいぜい堪能することだ」

「ふ、ふざけんじゃないわよ⁉　そんなことでこの私があんたみたいな豚の言いなりになるとでも思ってるの⁉」

「いや、思ってはおらぬさ。だが我慢はできなくなるだろう？　ならばあとは俺が直々に落とせばいいだけの話だ。要はあなたが〝魅了を使えるだけの正常な判断力〟を失ってくれればそれでいいんだよ」

「なん、ですって……っ⁉　――ちょっ⁉　い、いやっ……は、放して⁉　放しなさい⁉　そ、そうだわ！　あなたの望み通りママになってあげる！　子どもは産めないけどいっぱい甘えさせてあげるし、えっちなことだってたくさんさせてあげるわ！　ねっ、いいでしょ⁉　ねえ⁉　だ、だから……だから……い、いやあああああああああああああああっ⁉」

しゅうんっ、とジッパーのように空間が閉じ、メリディアナの姿が叫び声とともに消える。

できればこういう手は使いたくなかったのだが仕方あるまい。

ああいう輩には少々わからせねばならんからな。

「ところであなたは一つ勘違いをしているぞ、淫魔の女王。〝ママ〟というのはな、そういう短絡的なものではないのだ。もっと尊い、それこそ聖母のような存在なのだ。――ママを舐めるな」

「……おじさま、〝ブーメラン〟って知ってます？」

そうぴのこに半眼を向けられる中、俺は「ともあれ」と腕を組んで言った。

「それより問題はパールちゃんの方だ。早く助けに行かねばなるまい」

「え、でも彼女は聖剣を持つ本物の勇者さまですし、そんなに心配するようなことでは……」

「いや、恐らくこのままだと彼女は殺されるだろう。今のフェンリララは先ほどよりも数倍は強くなっているだろうからな」

「えっ⁉　ど、どうしてそんなことが分かるんですか⁉」

驚いたような顔をするぴのこに、俺は些か風通しのよくなった窓の外を見やって言った。

「――あれだ」

「あれって……あ、お月さま！　……なるほど。人狼種は月下でこそその力を最大限に発揮できる――そういうことですね？」

「ああ。こちらの世界の人狼種がそれに当てはまるかどうかは確証が持てなかったのだが、柴犬が月下で覚醒したのを鑑みるに、恐らくはそうなのではないかと思ってな」

「ええ、確かにそのとおりです。彼らは月下——つまりは〝月の光〟を浴びることでその潜在能力を解放します。ゆえに室内や新月では本領を発揮することができませんが、逆に月の光が満ちている場所であれば……」

「勇者ですら凌駕する力を得ることができるというわけだ。そして運悪く今夜は満月。であればいくらパールちゃんが怒りに燃えようと、今のやつに勝つのは難しいだろう。限定条件のパワーアップというのはそういうものだ。条件が揃うまでが難しいが、揃ってしまえば無敵とも言える。〝隻眼〟を葬った《テクノブレイク》のようにな」

「な、なら早く助けに行かないと！　というより、今すぐおじさまの《時間停止》を使いましょう！　この距離なら範囲内ですし、きっと間に合うはずです！」

ぐっと両拳を握って断言するぴのこに、俺はゆっくりと首を横に振って言った。

「いや、ダメだ。恐らく使った瞬間、パールちゃんは殺されるだろう」

「えっ？」

「確かにあれは強力なスキルだ。もちろん今回も使おうとは思ったのだが、相手が魔王軍である以上、万が一のことを考えて最後まで使わずにいた。もし敵側にフェンリララのような特性を持つ者がいた場合、隙を突かれるのが目に見えていたからだ」

「フェンリララのような特性って……まさか⁉」

「そう、〝犬〟だ。ゆえにイヌ科の特性を持つ人狼種に《時間停止》は通じぬ。ちなみにタヌキやキツネもイヌ科だったりするぞ」

「ええっ⁉　そうなんですか⁉」

「うむ、そうなのだ。ゆえにやつに《時間停止》は通じん上、オネエである以上、どのスキルが通じるのやも分からぬ。迂闊なことができんのが現状だ」

「じゃ、じゃあどうすれば……」

不安そうに顔を曇らせるぴのこに、俺はふっと口元に笑みを浮かべて言ったのだった。

「案ずるな。種付けおじさんは無敵だ」

「――ぐはあっ⁉」

背中から城壁に叩きつけられ、堪らず意識が飛びそうになる。

だがパールは歯を食い縛ってそれに耐え、自身を叩きつけた憎き仇を睨みつける。

やつは月をバックに尖塔の上からパールを見下ろしていた。

「あら、さっきまでの威勢はどうしたのかしら？　まあ満月下の人狼種に勝とうだなんてのがそもそも無理な話なのだけれど」

「黙れッ！　――《フィジカルブースト》ッ！」

どぱんっ！　と強化された脚力で大地を蹴り、パールがフェンリララに肉薄する。

この《フィジカルブースト》は攻撃、防御、スピードなど、本来ならば個別にある分野のものを全体的かつ高次元に強化することのできるレアスキルだ。

まさに勇者にのみ許された身体強化系スキルの最高峰とも言うべきスキルだったのだが、

――ずしゃっ！


「ぐわあっ⁉」

「無駄よ！　その程度のスピードじゃアタシを捉えることはできないわ！」

斬撃が当たる直前で躱され、背中に大爪の一撃を食らう。

しかも。


――どごおっ！


「……がっ⁉」

間髪を容れず竜巻のように身体を捻った回し蹴りがパールの胴をくの字に曲げ、今度は地面に叩きつけられる。

「……ぐ、あ……っ」

全身の骨が砕け散ったような激痛がパールを襲う中、フェンリララがじゅるりと舌舐めずりしながら近づいてくる。

「さて、じゃあそろそろディナーの時間にしましょうか。心配せずとも大丈夫よ。ちゃんと美味しく食べてあげるから」

「ぐ……く、そぉ……っ」

ここまでかと悔しさを噛み締めていた――その時だ。


「――待てぃッ！」


「「――っ⁉」」

突如辺りに見知った男の声が響き渡ったのだった。

◇

どうやらぎりぎり間に合ったようだ。

腕を組み、城壁の上からパールちゃんたちの様子を見下ろす俺に、フェンリララが肩を竦めて言った。

「もう、野暮な真似はよくないわよ？　おじさま。せっかく極上のディナーにありつけるところだったのに」

「ふむ、残念だがそのディナーはすでに予約済みなのでな。お前に食わせてやるわけにはいかんのだ」

「あら、それは残念。というか、アナタがここにいるってことは、もしかしてメリディアナちゃ

んは負けちゃったのかしら？」

「然り。もっとも殺してはいないがな。彼女もあとで俺が美味しくいただく予定だ」

「あらあら、それはそれは。まあでもあの子魅了以外使い道ないし、元々高位魔族の資格があるのかどうかも疑問だったのよね」

「つまり切り捨てると？」

「ええ、もちろん。だって助ける理由なんて何もないし。だからアナタが欲しいというのであればあげるわ。まあ下手に生かしておいた方があの子にとっては地獄かもしれないけれどね。アタシたちの王さまってとっても怖い人だから」

ウフフフフ、とフェンリララが意味深な笑みを浮かべる。

「なるほど。〝敗者には粛清を〟か。確かに怖い王さまだな。だがそれは何もドスケベ女に限った話ではあるまい」

「……あら、それはどういう意味かしら？」

フェンリララの雰囲気ががらりと変わる中、俺は泰然と言った。

「無論、お前がここで俺たちに敗れ去るということだ」

「……プッ、アハハハハハハハハッ！　この状況を見てまだそんなことが言えるなんて随分と豪気じゃない！　でもいいわ！　その方がいたぶり甲斐があるもの！」

じゃきんっ！　とフェンリララがその大爪をさらに肥大化させ、低く姿勢を落としたのだった。

◇

その少し前のこと。

目立たぬよう物陰に隠れながら移動を続けていたぴのこは、やっとこさパールのもとへと辿り着いていた。

ふい～、と額の汗を拭いつつ、彼女はフェンリララに気づかれないよう小声でパールに話しかける。

（大丈夫ですか？　パールさん）

（ああ、なんとかな……。だが大見得を切ってこのザマとは情けない……。やつに命を奪われた者たちになんと顔向けをしたらよいか……っ）

悔しそうに涙ぐむパールに、ぴのこは首を横に振って言った。

（諦めるのはまだ早いです。そのためにおじさまが時間を稼いでくださっているのですから）

（……なんだと？）

（おじさまからの伝言です。――〝道は必ず俺が切り開く。だからあなたはただ真っ直ぐ全力で突っ込んできて欲しい〟、と）

（真っ直ぐ全力で……？）

（ええ。正直、パールさんにとっておじさまはただの変態かもしれません。というか、今もブリーフ一丁の変態なのですが……。ただおじさまはやると言った時は必ずやる人です。そのおじさまが〝必ず道を切り開く〟と言っている以上、絶対に道は開けます。ですからどうかもう一度だけ立ち上がってはいただけませんか……？）

　ぴのこの真摯な願いを聞いたパールは、ふっとどこかおかしそうに笑って言ったのだった。

（まったく無茶を言う……。だがどのみちこのままでは何をせずとも殺されるのだ……。ならばたとえ変態であろうと最後に縋ってやるのも一興か……）

（パールさん……！）

（いいだろう……っ。我が全霊の一撃、貴様らに預けよう……っ）

「ゆくぞ、フェンリララ！」

　だんっ！　と石の床を蹴り、遥か上空からフェンリララに無手で飛びかかる。

「アハハハハッ！　馬鹿なのアナタ⁉　空中じゃ避けられないでしょうに！」

　一拍遅れてフェンリララもまた地面にクレーターを穿ち、耳まで裂けた大顎に笑みを浮かべながら大爪を振りかぶってくる。

　確かに空でも飛べぬ限り、空中で攻撃を避けることはほぼ不可能だろう。

　しかも俺は無手だ。

　道具に頼ることもできはしまい。

　だがな――。

「そもそも避けるつもりなど毛頭ないわ！　――食らえ！　奥義《バター犬》ッ！」

ばっと四肢を広げ、俺はスキルを発動させる。

ぴのこには一体なんの役に立つのかと馬鹿にされた、犬を強制的に呼び寄せるスキル――《バター犬》。

確かに通常であれば自家発電くらいにしか使えんであろう外れスキルなのだが、

「な、何よこれ⁉　か、身体が勝手に……っ⁉」

オネエゆえ、女以上に〝美〟を追究するフェンリララが相手であれば、これほど動揺を誘うスキルはあるまい。

何せ、問答無用でブリーフに包まれた魅惑の花園へと顔を突っ込まなければならんのだからな。

――ぶにゅりっ。

「ぎょえええええええええええええええええええええっ⁉　あ、アタシの美しい顔に汚物がああああああああああああああああああっ⁉」

当然、フェンリララが大絶叫を上げながら悶絶する中、俺は地上で力を蓄えてくれているであろう〝彼女〟に向けて声を張り上げた。

「今だ、パールちゃん！　全力でぶちかませ！」

「はあああああああああああああああああっ！　――《シャイニングクロスブレード》ッッ‼」

――ずしゃあっ！

「げはあっ⁉」

そうしてフェンリララの強靱な身体を光の剣が背後から刺し貫いたのだった。

◇

「……まさかこのアタシが人間如きに後れを取るとはね……ごふっ⁉」

地面に大の字で倒れ、血の塊を吐きながら笑みを浮かべるフェンリララを見下ろしつつ、俺は言った。

「だから言っただろう？　お前は〝俺たちに敗れ去る〟と」

「そうね……。とくにゲンジちゃん、だったかしら……？　アナタにはしてやられたわ……。まさかアタシの動きを封じるスキルがあったなんてね……ぐふっ⁉」

「当然だ。種付けおじさんは無敵だからな」

「そう……。ならそんな無敵のおじさまに一つだけ忠告してあげるわ……。アタシやメリディアナちゃん程度に勝ったくらいでいい気にならないことね……。所詮アタシたちなんて下位の……ごふっ……捨て駒にしか過ぎないのだから……」

「そうか。では次は上位の女とやらにガトリングプレスだな」

「いやいやいや……。それができないくらい強いって話ですよ……。てか、〝ガトリングプレス〟ってなんですか……」

呆れたように半眼を向けてくるぴのこに、俺はふっと笑みを浮かべて言った。

「無論、それを見越した上で言っているのだ。敵が強いことなど百も承知――だが俺は常にその上をゆくのだとな」

「その自信は毎回どこから来るんですかねぇ……。まあ本当に上を行っちゃうから何も言えないんですけど……」

はあ……、とぴのこが嘆息する中、フェンリララがククッとおかしそうに笑って言った。

「せいぜい頑張ることね……。アタシは先に……地獄で待ってる、わ……ぐふっ……」

「「……」」

カッと目を見開いたまま、フェンリララが絶命する。

正直、そんなところで待っていられても困るのだが、まあモテる男は辛いということだろう。

「やれやれ、随分と怖い顔で逝ったものだな。これではメイドたちが迂闊に近づけまい」

ぱさり、とやつの顔に白い布を被せてやる。

いわゆる死者への〝打ち覆い〟というやつだ。

「こいつは俺の国独自の文化らしいが、まあせめてもの情けというやつだ」

が。

「……あの、おじさま？」

「なんだ？」

「これ、どう見ても〝ブリーフ〟なんですけど文化合ってます……？」

顔を引き攣らせながらフェンリララの顔を指を差すぴのこに、俺は「ふむ」と腕を組んで言った。

「まあこういうのは気持ちが大事だからな。案ずることはあるまい」

「そうですか……」

「いや、案ずることはあるだろ……。なんだこの汚い絵面は……」

そう呆れたような半眼を向けた後、パールちゃんは「……まあそれはさておき」と一つ咳払いをして言った。

「ともあれ、貴様らのおかげでこの国は救われ、私も騎士たちの仇を討つことができた。素直に礼を言おう。本当に感謝する」

ぺこり、と丁寧に頭を下げてくるパールちゃんに、俺は新しいブリーフを穿き直して言った。

「いや、気にすることはない。実のところ、俺たちも国の行く末を憂う、とある貴族に頼まれて調査に来ていたのでな」

「そうだったのか。それが誰かは聞くまいが、勇者が重々感謝していたと伝えてくれ」

「ああ、承知した」

「うむ。ところで淫魔の方の死骸は寝室に残してきたままなのか？」

「いや、結界内に封じてある。というより、殺してはおらん」

「何っ⁉　一体どういうつもりだ⁉」

訝しげに眉根を寄せるパールちゃんに、俺はしゅわんっと結界を少しだけ開けてやる。


「――んほおおおおおおおおおおおおおおおおおおおおおおおっ♡」


「……」

そこでは今まさにメリディアナがアヘ顔を晒しながら色々と撒き散らしている最中だった。

「まあこんな感じだ。あなたの気が晴れぬというのであれば引き渡すのもやぶさかではないのだが、このドスケベ女には俺のママになってもらおうと思ってな」

「そ、そうか……。ならまあ……どうぞご自由に……」

「うむ。ではありがたく頂戴するとしよう」

しゅうんっ、と再び結界を閉じる俺。

「そういえば此度の顛末（てんまつ）に関してはどうするつもりだ？　俺がドスケベ女を持っていったら困るのではないか？」

「いや、それに関してはこいつを首謀者として報告しようと思っている。確かに淫魔は陛下を衰弱させ、この国を乗っ取ろうと画策したが、実際に手を下していたのは他でもないこいつだからな。ゆえに淫魔は貴様への礼代わりということで貸し借りはなしだ」

「なるほど。そういうことであれば俺も異論はあるまい。だがあなたは一つ大切なことを忘れているぞ、パールちゃん」

「……なんのことだ？」

本当に分かっていない様子のパールちゃんに、俺はドーンッと腕を組んで言った。

「あなたがすでに俺のママ予定ということだ」

「——なっ⁉　そ、それは……」

「ふ、分かっている。まだ心の準備ができてはいないのだろう？　ならば十分準備をするといい。俺は光の種付けおじさんだからな。強引なことはせぬよ」

「ちなみに闇堕ちするとさっきの人みたいに〝んほー〟ってさせられますんで気をつけてくださいね」

「……」

ふ、そんな顔を引き攣らせることもなかろうに。

愛い娘よのう。

◇

というわけで、あとの処理をパールちゃんに任せた俺たちは、処女厨（メイドさんの乳に顔埋めてた）と柴犬（餌付けされてた）を回収した後、リザベラさんの待つ娼館へと戻ってきた。

そして彼女と〝おかえりちゅっちゅプレス〟で愛を育み、翌朝領主殿に報告をするべくルーファに《即姫》で飛び、そこでもシンディさんと〝おかえりちゅっちゅプレス〟で愛を育んだ。

そんな領主殿の屋敷へと向かう道すがらのことだ。

「というか、〝おかえりちゅっちゅプレス〟ってなんなんですか……」

「無論、おかえりのチューから怒濤のプレスに入ることだ」

「いや、そういうことじゃなくて……」

はあ……、と嘆息するぴのこに、俺は小首を傾げる。

「！」

「えっ？」

だがそこでふとあることに気づいた俺は、彼女の身体を両手で優しく掴み、向かい合う。

そして。

――ちゅ～。

「ちょっ!?　いやいやいやいやいや!?　な、何してるんですか!?（ぐいっと押しのけながら）」

「むっ？　こういうことではないのか？」

「違いますよ!?　誰が〝私だけチューしてくれないいなんてずるい！〟なんて言いました!?　前にほっぺにチューされた時と同じじゃないですか!?」

「いや、しかし女性は察して欲しい的なのがあるだろう？」

「少なくともおじさまに関してはございませんのであしからず！（ぷいっ）」

「ふ、あなたは本当に俺のことが好きなのだな」

「え、今の会話のどこにそんな要素が!?」

が－んっ、とぴのこがショックを受けているうちに、俺たちは領主殿の屋敷へと辿り着いたのだった。

「というのが此度の顛末だ。淫魔の支配から逃れた以上、陛下も徐々に快方に向かうことだろう。それと勇者殿が俺の依頼者――つまりはあなたに重々礼を伝えて欲しいと言っていたぞ」

「そうか。それは誠に大義であった。しかしまさかかの〝清らかなる乙女〟から直々に謝意を賜れようとはな。まさに誉れの極みというものだ」

「清らかなる乙女?」とぴのこ。

「ああ。聖剣エクスカリボールに選ばれしその身は、触れるだけでありとあらゆる魔を浄化し、瘴気は晴れ、猛毒の沼ですら光り輝く水面と化すという。ゆえに人々は畏敬の念と希望を込めて彼女を〝清らかなる乙女〟と呼んでいるのだ」

「なるほど。確かに澄んだ心を持つ彼女には相応しい呼び名だろう」

(問題はその清らかなる人をおじさまがプレスでがっつり汚そうとしてるってことなんですけどね……)

(それは違うぞ、ぴのこよ。何故なら俺もまた聖剣に選ばれし〝清らかなるおじさま〟なのだからな。言ってみれば〝百合〟のようなものよ)

(とりあえず全ての百合という百合に謝ってもらっていいですか?)

そうぴのこが半眼を向けてくる中、領主殿が深く頭を下げて言った。

「ともあれ、此度の一件改めて礼を言う。恐らく貴殿でなければ成し遂げることはできなかっただろう。本来であればその多大なる功績を大々的に称えたいところではあるのだが……」

「いや、気にすることはない。元より目立つつもりはないからな。褒美も前回同様、とくにはいらぬ。その気持ちだけで十分だ」

「そうか。貴殿は本当に無欲な男よな」

「ふ、そういう性分なのでな」

「えっ？」

うん？

◇

そうして領主殿の屋敷をあとにした俺たちは、そのまま宿屋へと向かう。

いつもはシンディさんの家に泊まっているのだが、まだ〝彼女〟の件を片づけていなかったからだ。

「ね、ねえ、早く挿れてぇ……。私、もう我慢できないのぉ……」

というわけで、自ら秘部を晒しながら尻を振るほどがっつりとリンパマッサージ済みの〝彼女〟ことメリディアナがベッド上からいやらしく俺を誘う。

俺みたな豚男には抱かれたくないと言っていたのが嘘のような従順ぶりだ。

よほど健全なマッサージ（意味深）による寸止め地獄が効いたのだろう。

だが一応警戒はせねばなるまい。

彼女には一度ナマコを踏みつけられるという煮え湯を飲まされているからな。

「え、ちょっと待って……そ、そうじゃなくて早くあなたのをへえええええええええええええええええええええええええええええっ♡」

ゆえに俺はまず彼女の愛蜜に塗れた尻に顔を埋め、男優直伝（ネット動画）の超絶愛撫を行う。

ちなみに俺は幾度性病をもらったとて、女性に対してこの愛撫だけは一度として欠かしたことはない。

中には嫌がる男たちもいるが、愛撫で受けたものは愛撫で返す――それが俺のポリシーだからだ。

「だめだめだめえええええええっ♡　い、イっちゃううううううううっ♡　い、イっちゃうからあああああああああああああっ♡　……あっ」

そうして磨き上げられた舌技にメリディアナが為す術なく絶頂する直前で俺は愛撫をやめる。

危ない危ない。

元よりマッサージで感度は最大になっているからな。

通常よりも達しやすくなっているのだろう。

「も、もう許してぇ……。お、お願いだからイかせてぇ……」

びくびくと身体を痙攣させながら懇願してくるメリディアナを見下ろしつつ、俺は「ふむ」とある確信を得る。

――この反応は本物だ、と。

ならば当初の狙い通り、今の彼女に俺を魅了にかけるだけの思考力は残っていないだろう。

であればあとは完全に落とすだけである。

ゆえに俺ははち切れんばかりに怒張した剛直をメリディアナに見せつけて言った。

「こいつが欲しいか？」

その瞬間、メリディアナが水を得た魚のように再び尻を突き出して言った。

「え、ええ、欲しいわ！　は、早く！　早くその太くて逞しいのを私に挿れてぇ！　そして私をめちゃくちゃに犯してぇ！」

「やれやれ、そんなに渇望されては仕方あるまい。望み通りくれてやろう。そしてお前は俺のママになるのだ」

「ええ、ええ、なるわ！　あなたの赤ちゃんだっていっぱい産んであげる！　だから早くあなたの熱いのを私の中にぶちまけてぇ！」

そう声を張り上げながら両手で秘部を開くメリディアナに、俺はふっと笑みを浮かべて言った。

「よかろう。ならばせいぜい堪能するがよい――我が剛直の味をな！」

――ずにゅりっ！

「んほおおおおおおおおおおおおおおおおおおおおおおおおっ♡　い、イクイクイクイクイクイクイクうううううううううううううううううううっ♡♡」

ぷしゃあっ！　と愛蜜交じりの液体を撒き散らしながらメリディアナが一突きで激しく絶頂す

る。

　よほど我慢していたのだろう。

「だめだめだめだめだめえええええええええっ♡♡　い、イクの止まらないのおおおおおおおおおおおおおおおっ♡♡　このおチ○ポ凄すぎるのおおおおおおおおおおおおおおおおおおおおおっ♡♡」

　がくがくと身体を痙攣させ、アヘ顔を晒しながら何度も絶頂を繰り返しているようだった。

「ぬう……っ」

　しかしさすがは淫魔の女王と言ったところだろうか。

　他のママたちよりも強烈に蜜壷が絡みつき、俺の剛直から精を搾り取ろうとしてくる上、彼女の放つメスの香りが魅了の如く俺の情欲を掻き立てていく。

　やはり〝淫魔〟という特性上、何をせずとも男を虜にするようになっているのだろう。

　まさに魔性の女というやつである。

　だがそれは種付けおじさんたる俺も同じこと。

「ぬああああああああああああああああああッ！」

「んおおおおおおおおおおおおおおおおおおおっ♡♡」

　熟練のテクとマジカルチ○ポの組み合わせによる怒濤（どとう）のピストンにより、メリディアナをさらに快楽の渦へと落とし込んでいく。

「ほへえええええええええええええええええええっ♡♡」

　――ぷしゃあっ！

　もはやシーツに広がるシミがなんなのかも分からなくなる中、満を持して俺はメリディアナに種付けを行う。

「ではゆくぞ、メリディアナ！　我が子種で孕めいッ！」

　――どぱんっ！

「んほおおおおおおおおおおおおおおおおおおおっ♡♡　い、いっぱい出てるううううううううううううううううううっ♡♡　あ、赤ちゃんできちゃうううううううううううううううううううううううっ♡♡」

　そう大声で喘ぎながら達した後、メリディアナはどさりとアへ顔のままベッドに倒れ込む。

「す、すごっ……こ、こんなの初めて……ふへっ……♡」

　そしてびくびくと身体を痙攣させるメリディアナに、俺は「コオオオオオオッ」と呼吸を整えて言った。

「満足するのはまだ早いぞ、メリディアナ。俺の種付けはこれからが本番なのだからな」

　そう言って再び剛直を怒張させながらメリディアナを仰向けにした俺に、彼女は恍惚の笑みを浮かべて言った。

「あぁ、ダーリン……来てぇ……♡　メリディアナをいっぱい可愛がってぇ……♡」

「ふ、愛いやつめ。よかろう。ならばまずはその瑞々しい唇から味わわせてもらおうか」

「ええ、いいわ……んっ……ちゅっ、れろ……ちゅるっ……あっ♡　いいっ♡」

　激しく舌を絡ませてくるメリディアナと貪るような口づけを交わした後、俺は彼女の首筋から鎖骨を経由してそのいやらしく充血していた乳首にしゃぶりつく。

「はあんっ♡　や、ああんっ♡　そ、そんなに吸われたら私……お、おっぱい出ちゃうううううううううっ♡」

ぐっとシーツを握り、背筋を反らしながらメリディアナが快楽に悶える。

そんな彼女の艶姿にさらに情欲を掻き立てられた俺は、まるで赤子にでもなったかのように両の乳を心ゆくまで堪能する。

「……ふう。吸い応えに揉み心地、そして感度――どれをとっても実によき乳房だ。気に入ったぞ。次は乳を吸いながら種付けしてやろう」

「はあ、はあ……そ、そんな風に責められたら私、おかしくなっちゃう……♡」

「ふ、構わぬ。存分に乱れるがよい。さあ、二回戦だ！」

――ずんっ！

「あ、はあああああああああああああああんっ♡　や、これだめえええええええええええええええええっ♡　き、気持ちよすぎてまたイっちゃうううううううううううううううううっ♡　ダーリンだけの専用種付け奴隷になっちゃううううううううううううううううううううううっ♡♡」

そうして俺はメリディアナの要望通り、夜通しで彼女をめちゃくちゃにプレスし尽くしてやったのだった。

◇

そんなこんなで迎えた翌朝。

「うふふ、ダーリン♪　はい、おっぱい♪」

「うむ、相変わらずよい乳だ。今日はもうこのまま癒やされていようか（ぱふぱふ）」

「あらあら、もうダーリンったら甘えんぼさんなんだから……ふふ♪」

――なでなで。

「え、なんですかこれ……」

呆然と顔を引き攣らせているぴのこに、俺はメリディアナの豊満な乳に顔を埋めながら言った。

「よく覚えておけ、ぴのこ。これが純粋な〝ママに甘える〟ということだ」

「いや、どう見てもおっパブ通いのおっさんですよ……」

そう半眼を向けた後、ぴのこは嘆息して言った。

「……で、なんでそんな性格変わっちゃったんですか？　ちょっと前まで〝この豚！〟みたいな感じだったのに……」

「え、だってダーリンのあれ凄いんだもの……（ぽっ）」

「……」

うっとりと頬を朱に染めるメリディアナに、ぴのこが感情の消えた半眼を向ける。

やはり淫魔である以上、マジカルチ○ポの効果は絶大だったようだ。

事実魅了をかけるチャンスは幾度もあったと思うのだが、一度として彼女はそれを使ってはこなかったからな。

アルティシア同様、完堕ちである。

「ともあれ、問題はこれからだな。メリディアナはどうする？　お前が望むのならば魔王軍に戻ってもよいのだぞ？」

「えっ⁉　で、でもそんなことしたらまた同じことの繰り返しになるんじゃ……」

「いや、そうはならぬさ。だろう？　メリディアナ」

「ええ。だって私、もうすっかりダーリンの虜になっちゃったし……」

うふふ♪　とメリディアナが蠱惑的な視線を向けてくる中、再度ぴのこの顔から感情が消える。

「……つまり通い妻的な感じになると？」

「ええ、そういうことになるわね。ただまあそれには一つ大きな問題があって、基本的には裏切り者と見なされるだろうから、バレたら普通に殺されちゃうってことね」

「ふむ。とはいえ、戻らなければ一時的に死んだとは思われるだろうが、バレれば同様に刺客を送り込まれるというわけか」

「そうなの。だから守って、ダーリン……」

ぎゅっと寄り添ってきたメリディアナの柔肌を優しく抱き締め、俺は言った。

「無論だ。お前には指一本触れさせはせぬ」

「ダーリン……」

――ちゅっ。

「死ねばいいのに……（ぼそっ）」

「ふむ、ヤンデレか？」

「違いますよ⁉　いい加減目の前でちゅっちゅするなって話ですぅ⁉」

　ぷくぅ、とハムスターのように頬を膨らませ、ぴのこがそっぽを向く。

　やれやれ、愛いやつよのう。

「ともあれだ。ここは一つメリディアナの安全のためにも〝俺〟という存在を餌にするしかあるまい」

「「？・」」

　揃って小首を傾げる両者に、俺は腕を組んで言った。

「つまりはこういうことだ。メリディアナには一度魔王軍に戻ってもらう。無論、此度の一件を叱責されるだろうが、そこで代わりに黒竜を単騎討伐した〝ゲンジ〟という人間を見つけたことを報告する」

「え、ダーリンって一人で黒竜を倒したの⁉　嘘ぉ⁉」

「本当だ。〝隻眼〟と呼ばれていた手強いやつでな。たまたま近くの山にいたのでサクッと首を刎ねてやったのだ」

「やん♪　さすが私のダーリン♪　はい、おっぱい♪」

「うむ」

　――むにゅっ。

「いや、〝むにゅっ〟じゃないですよ……。なんでこの流れでおっぱいが出てくるんですか……」

「ふむ、それを語るには俺が客引きの男に騙され、トロールのような老婆の相手をさせられた時のことを語らねばなるまい」

「なんですかその地獄みたいな体験談は……」

「ちなみにおっぱいが萎びたナスビみたいでな。それを宮本武蔵と戦ったという、かの鎖鎌使い——宍戸某が如く両手で振り回しながら近づいてくるのだ」

「いや、言わなくていいですよ!?　ナスビ見る度に思い出すじゃないですか!?」

余談だが、ぴのこは焼きナスをつまみにしゅわしゅわのお酒でぐいっとやるのが好きだったりする。

「まあそれはさておきだ。メリディアナの反応を見ても分かるように、黒竜の単騎討伐をできるやつはそうはいまい。その上、俺はオークたちを従え、エルフやダークエルフたちとも親交があるからな。それを籠絡できれば対勇者用の戦力にできるどころか、魔王軍自体の戦力増強にも繋がる。そしてそれが可能なのは——」

「淫魔である私のみ、ということね？」

「ああ。ついでに俺には〝魅了耐性〟があるので何度か接触する必要があるとでも言っておけば会う口実にもなるだろう」

「なるほど。下手に隠すよりは堂々としていた方が逆に怪しまれないということですね？」

「うむ、そういうことだ。ただこれは全てが上手くいった場合の話であって、当然報告した段階で処刑される可能性もある。ゆえにメリディアナの意思を聞きたい。もちろん断ってくれても全然構わぬ。その時は当初の予定通り俺が守るだけの話だからな」

そうメリディアナに視線を向けると、彼女はふふっと微笑んで言ったのだった。

「私の答えはすでに決まっているわ。だって愛するダーリンが私だけのために考えてくれた作戦だもの。絶対に成功させてみせるから期待して待っていてちょうだい」

「承知した。ではくれぐれも気をつけてゆくがよい」

「ええ、分かったわ」

　――むにゅっ。

「いや、だからなんでこの流れでおっぱいが出てくるんですか……」

　というわけで、メリディアナの報告を待つ間、俺たちはダークエルフの里づくりを手伝うことにした。

　たまにはスローライフに興じるのもいいからな。

　大槌片手にとりあえず柵作りなどに精を出すことにしたのである。

「……ふう。やはり汗を掻くのはいいな。生きているという感じがする」

「あのー……」

「うん？　どうした？　ぴのこ」

「いえ……。その、なんで〝パンツ一丁〟なのかなって……」

「無論、俺が〝オークキング〟だからだ。他の者たちが腰巻き一枚だというのに、王たる俺ががっつり着込んでいては示しがつかぬだろう？」

「え、そういうものなんですか……？」

「ああ、そういうものだ。人間にしてもそうなのだが、生き物というのは基本的に自分とは異なるものを排斥する傾向にある。先のエルフたちがいい例だろう。ゆえにその種族の王として崇められている以上、こちらもそれ相応の振る舞いをせねばならんのだ」

「なるほど……」

「まあ難しく考えることはない。要はドレスコードのようなものだからな。相応しい場所には相応しい恰好を――ただそれだけのことだ」

「そうですね。おかげでオークの皆さんはおじさまのことを慕っていますし、仰るとおりだと思います」

まあ……、とぴのこは遠方を見やって言ったのだった。

「ダークエルフの方々はドン引きしてますけどね……。とくに女性が……」

「ふむ。では一つファンサービスといこうか。悪いがぴのこよ、今すぐ俺のケツをTバックにしてくれ」

「あの、〝ファンサービス〟の意味分かってます？」

「そういえば聖都に出向いていたと聞いたが、もしかして勇者にでも会いに行っていたのか？」
昼食時。
獲れたての焼き魚をその小さな口で食しながらエイシスが尋ねてくる。
エルフたちの重圧から解放されたおかげか、以前よりもどこか明るくなったように見える。

「まあそんなところだ。何やらきな臭い動きが聖都であるとのことでな。依頼を受けて調査に行っていたのだ」

「そうだったのか。とはいえ、あなたのことだ。もちろん全て解決してきたのだろう？」

「無論だ。ゆえに少しばかり出払っていたわけだが、やはりエイシスのことが恋しくなってしまってな。こうして会いに来たというわけだ」

「ゲンジ……」

すっと寄り添ってきたエイシスの肩を優しく抱き、ちゅっちゅしていると、ぴのこがもちゃもちゃと魚を食いながら半眼で言った。

「私、おじさまがいつか誰かに刺されるんじゃないかなって気がしてますよ」

「ふ、この鋼の肉体に刃が通るとでも？」

――ぽんっ。

「いや、そのだらしない身体の一体どこに鋼要素があるんですか……」

「甘いな、ぴのこ。この身体は言わば生命力の塊のようなもの。一見するとただの小太りだが、身体の奥底から溢れ出した精力――つまりは〝生命力〟が脂肪の鎧となって全身を覆っているのだ。言わば力士のようなものよ」

「つまりその脂肪部分にはがっつり刺さるんじゃないですか……」

はあ……、と嘆息するぴのこに、俺はふっと笑って言った。

「まあそういうこともある。それよりも心配なのはあなたの方だ。今後外を出歩く時は、この〝防刃レオタード〟を着るようにな。鶏肉目当ての悪い輩がおらぬとも限らぬ」

「いや、その前に今それブリーフから取り出しませんでした……？　というか、何故またレオタード……」

「ふ、それはな――」

と。


「――ただいま、ダーリン♪」


「「「！」」」

むにゅっと身に覚えのある柔らかな感触が後頭部を包み込む。

そして鼻腔をくすぐるこの甘い香り。

どうやら無事に戻ってこられたようだ。

「ああ。また会えて嬉しいぞ、メリディアナ」

「うふふ、私もよ♪　会いたかったわ、ダーリン♪」

チュッとただいまのキスを頰にした後、「……ところで」と彼女はエイシスを見やって言った。

「そこ、私の席だからどいてもらえるかしら？」

「断る。席ならばぴのこ殿の隣が空いているだろう？　そこに座るといい」

「嫌よ。私、ダーリンの隣に座りたいの」

「私だってゲンジの隣がいいのだ。絶対に譲らんからな」

バチバチと婦女子たちが互いに火花を散らす中、ぴのこが低姿勢で言った。

「あ、でしたら私がどきますのでメリディアナさんがここに……」

「いや、それはダメよ」「いや、それはダメだ」

「えっ？」

「だってぴのこちゃんはダーリンの正妻さんでしょう？　私、そういう線引きはきちんとするタイプなの」

「うむ。だからあなたも我らに気を遣わず正妻として振る舞って欲しい」

ふっと揃って微笑む両者だが、ぴのこは半眼で言ったのだった。

「いや、あの、私正妻じゃないです。もう一度言います。正妻じゃないんです」

◇

まあ正妻うんぬんについてはさておき。

せっかくの休日ゆえ、俺は遊び心を全開に里の守り神的なモニュメントを作ることにした。

もちろん子どもたちにも人気が出るよう親しみやすさを重視した可愛らしいモニュメントだ。

「いや、だからってなんで私がモデルなんですか……」

半眼のぴのこをちょこんと石の上に座らせ、職人の如くノミで丸太を削りながらその問いに答える。

「無論、あなたが俺の思うこの世で最も愛らしい存在だからだ」

「な、なんですかいきなり⁉　そ、そうやって私の好感度を上げたって何も出ませんからね⁉」

ぷいっと真っ赤な顔でそっぽを向くぴのこを微笑ましく思いつつ、俺は手を動かしながら言った。

「まあ他にも理由はあるのだが、こうやって形に残るものを作っておけば、俺たちがここにいたという証にもなるだろう？」

「……ここにいた証、ですか？」

「ああ、そうだ。この瞬間、俺たちは間違いなくここにいて、共に異世界生活を堪能していた――そんな証の一つくらい残しておいても悪くはあるまい。まあ木造ゆえ、そのうち朽ち果ててはしまうのだがな」

ふっと俺が少々物寂しさを覚えながら笑っていると、ぴのこがそっぽを向いたまま言った。


「……な、なら今度はずっと残るような素材で像を作ればいいじゃないですか」


「ほう？　よいのか？」

「え、ええ、まあ思い出みたいなものですからね。ただその時はおじさまの像も隣にいてくれないと困ります。私一人だけいたって意味がないんですから」

「ふ、そうだな。ならば今度は二人揃った像を作るとしよう。お互い寂しくないようにな」

「ま、まあ私は全然寂しくないですけどね。でもおじさまは私がいないとダメダメなので、仕方がないからずっと一緒にいてあげます」

「ああ、そうしてくれると助かる」

どこか恥ずかしそうにそう言ってくれるぴのこに、俺も微笑みながら作業を進める。

するとぴのこが「……ところで」と制作中の木像を指差して言った。


「その鏡餅みたいなの、本当に私がモデルで合ってます……？」


「うん？」

言われて木像を見やると、確かに少々太ましくなっているようだった。

「ふむ。丸っこい方が可愛いかと思ったのだが、思ったより丸くなってしまったな」

ぽんっ、と木像のお腹を叩く俺。

「やめてください……。木像でもレディのお腹なんですから……。というか、どうするんですかこれ……。ほぼお相撲さんじゃないですか……」

「ふむ、仕方あるまい。とりあえずまわしを着けておこう」

「いや、なんでですか!?　そこはウエストを削りましょうよ!?」

「案ずるな。あなたは何を着ても可愛いぞ」

「えっ……（ぽっ）。って、そういう問題じゃないんですよ!?　思わず照れちゃいましたけど、私たちのいた証が今まさに土俵入りするかどうかって話なんです!?」

「まあ落ち着け。ここに同じくまわしを着けた俺の像があったらどうなると思う？」

「……どうなるんですか？」

「無論、〝結びの一番〟だ」

「いや、知りませんよ⁉　とにかく私のウエストを……って、もうマゲまでついてるじゃないですか⁉」

　がーんっ、とぴのこがすこぶるショックを受ける中、横綱ぴのこ山が見事土俵入りを果たしたのだった。

【八話】もう一人の種付けおじさん

Tanetsuke Ojisan no isekai press Manyuki

そんなこんなで数日ほど里づくりに貢献しつつ、愛するママたちとちゅっちゅプレスしたりしていたある日のこと。

足りない物資の仕入れがてらルーファのギルドを訪れた俺に、シンディさんが一枚の紙を滑らせながら言った。

「そういえば最近ちょっと不可思議な事件が頻発していてね。もしかしたらゲンジさん向きの案件なんじゃないかなって」

「ふむ、謎の集団妊娠事件だと？」

「ええ、そうなの。なんでも一夜限りの関係を持った女性たちが瞬く間に妊娠、出産する事例が相次いでいてね。ギルドとしてもちょっと問題視しているのよ」

「え、それってつまりプレス……じゃなかった。関係を持ってから数日経たずで産まれちゃってるってことですか⁉」

「そういうことになるわね。確かにゴブリンやオークなんかの子を孕むと産まれるまでかなり早いとは聞くけれど、さすがに二日とかで産まれたりはしないわ。しかも産まれてきた子はどう鑑定しても人間の子なの。気味が悪いでしょう？」

「ふむ。オークの娘たちを相手にした時も直感的にそうだとは思っていたが、人と亜人種が交わった場合、ほぼ間違いなく亜人の子が生まれるのだったな？」

「そうですね。必ずというわけではありませんが、人の子が生まれる可能性は限りなくゼロに近いです。なのでオークやゴブリンなどの性欲旺盛な種族は、男女問わず人を攫うわけですし」

「だが人ではそんなに早く子を産ませることはできないと。なるほど、確かに不可思議かつ俺向きの案件だな」

ふむ、と腕を組みつつ、俺はシンディさんに尋ねる。

「ちなみに相手はどんな男なんだ？」

「それが全員揃って覚えていないんですって。ただ色気のあるいい男だった気がするとは言っているらしいわ」

「色気のあるいい男……？」

「いや、〝俺か？〟じゃないんですよ……。なんでそのデブり具合で自分だと思っちゃったんですか……。というか、おじさまが犯人だったらこの話はここで終わりですよ……」

「ふむ、まあそうだな。しかし此度の一件、種付けおじさんたる俺への挑戦状と言っても過言ではないだろう。よもやこの俺よりも多く種付けしようなど笑止千万。待っているがいい、偽りの種付けおじさんめ。貴様の一物、二度と使いものにならぬよう握り潰してくれるわ」

――トゥンク。

「さすがゲンジさん……。頼りになるわ……（頬を赤らめながら）」

「え、今トゥンクする要素ありました……？」

◇

というわけで、早速犯人捜しを始めた俺たちは、まず件の女性たちに話を聞きに行くことにしたのだが、そこでまさかの事実が発覚する。

「全員既婚、だと……っ!?」

そう、なんと全員が〝人妻〟だった上、口を揃えて〝何故抱かれてしまったのか分からない〟と言うのである。

中には気の弱そうな感じの女性もおり、ただただ旦那さんに申し訳ないと泣き続けていた。

つまり今回の一件はいわゆる無責任なワンナイトラブではなく、ごりごりの〝ＮＴＲ〟だったのだ。

「ぐっ、よもやそんなエロゲーみたいなことを易々とやってのけるとは……っ。絶対に許さんぞ……っ」

「いや、なんでそんな覚醒しそうな勢いでブチギレてるんですか……。でもあれですね。おじさまの《パネルマジック》でもきちんと〝人間〟だと表示されているようですし、やっぱり犯人は人間なんですかね？」

「ふむ、なんとも言えんところだな。ちなみにそういう子作りに特化したスキルは存在するのか？」

「いえ、聞いたことないですね。ただおじさまみたいな特殊なケースもあるので、可能性としてはゼロではないとは思いますけど……」

「そうか。まあなんにせよ、今回の犯人は主に人妻を狙う傾向にあるらしいからな。もしかしたらやつは人の女を寝取ることを趣味としているのやもしれぬ」

「つまり次も人妻が狙われると？」

「ああ、その可能性が高いだろう。確かに彼氏持ちの女も狙われそうなものだが、俺の中の種付けおじさんがそうではないと囁（ささや）いている。やつは明確な人のものを奪うのが好きなのだとな」

「なるほど……。〝俺の中の種付けおじさん〟とかいう謎ワードはさておき、ほぼ同族のおじさまがそう仰られるのでしたらきっとそうなんでしょうね……」

「うむ。ゆえにやつを罠に嵌めるぞ、ぴのこ」

「あ、何か策があるんですか？」

ぱっと期待に満ちた顔をするぴのこに、俺は大きく頷いて言った。

「ああ。やつが人妻を好むというのであれば、こちらも人妻を用意すればいいだけのこと。――そう、俺たちが夫婦（めおと）になればよいのだ」

「……あの、一瞬でも期待した私の思いを全部返してもらっていいですかね？　というか、たとえ私が人妻になったとしても、小デブのひよこ目当てに出てくると思います？」

「うむ、そう言うと思って実際にはこちらの方に嫁になっていただこうと思っている」

――ぶうんっ。

「――あ～ん♡　おじさま好き好きちゅっちゅっちゅっちゅ～♡」

「ちょっとおおおおおおおおおおおっ⁉」

おじさまへのラブが止まらない《ＶＲニケ》をぴのこが必死に掻き消そうとじたばたする。

そんな中、俺は「ふむ」と腕を組んで言った。

「とはいえ、冷静になって考えてみればそんな罠に引っかかるような相手ではない気がする」

「だったら無駄な運動させないでくださいよ⁉　こちとら体力のない小デブなんですから⁉」

ぜひゅー、と息を切らせながらぴのこが猛抗議してくる。

確かに最近はメシが美味いのか、より一層太ましくなった気がするからな。

むしろもう少し運動した方がよいのではなかろうか。

「すまんすまん。悪気はないので許してくれ」

「もう、女神の顔も三度までなんですからね！」

ぷんすこ頬を膨らませるぴのこに、俺は相変わらず腕を組んだまま言った。

「しかしふと疑問に思ったのだが、その男は一体どこで人妻にプレスしているのだろうな？」

「え、それは当然宿とかじゃないんですか？」

「確かに一番可能性があるのは宿だが、ルーファには数えるほどしか宿がないだろう？　ならば些かリスキーなのではないか？」

「まあ、言われてみれば確かにそうですね。どこに人の目があるか分かりませんし、むしろ人妻さんにとってもリスクでしかないかと」

「うむ、そうなのだ。かと言って夜に街の外に出るというのも考えがたい。そもそも門扉は兵士たちが守っている上、帰りが遅ければ旦那の不審も買うからな」

「つ、つまりどういうことですか？」

困惑した様子のぴのこに、俺は神妙な面持ちで告げた。

「周囲の者たちからも怪しまれず、さりとて旦那からも怪しまれぬ場所など一つしかあるまい。

――そう、〝自宅〟だ」

「自宅⁉　え、旦那公認とかいうオチですか⁉」

「いや、そういうＮＴＲ趣向のやつも希にはいるが、さすがに今回は違うだろう。ギルドに相談が寄せられているくらいだからな。となれば可能性は一つだ。なんらかの方法で旦那の意識を奪った上で事に及んでいる――それしかないだろう」

「そ、それってまさか……」

「ああ。考えられるのは〝淫魔〟だな。が、通常の淫魔であればそんなに早く子どもは生まれぬ上、生まれた子は同じく淫魔になる可能性が極めて高い。である以上、恐らく相手は淫魔に近い何かだ」

「淫魔に近い何か……」

「うむ。例の〝高位魔族〟とやらの中にそのようなやつがいるやもしれぬ。というわけで、一度メリディアナのところに行くとしよう。彼女ならば何か知っているはずだ」

「そうですね。分かりました」

◇

　そうして《即姫》でメリディアナのもとへと飛んだ俺たちは、湖の畔で優雅な日光浴を楽しんでいた彼女に例の淫魔もどきについて尋ねてみることにした。

　するとメリディアナが〝教える代わりに可愛がって欲しい〟と言ってきたので、

「――おほおおおおおおおおおおおおおおおおおおおおおおおおおおっ♡♡」

　俺は大自然の中、〝ナチュラル・ザ・ライトニングプレス〟（キツツキの音を彷彿とさせる木漏れ日のプレス）で彼女をたっぷりと可愛がってやったのだった。

「あれですね。こういう開けた場所でプレスられると、おほ声から逃げようがないので最悪ですね」

「まあそう言ってくれるな。いずれあなたも通る道だ」

「通りませんよ!?　勝手に変な道を通らせないでください!?」

　全力で否定してくるぴのこにふっと思春期の娘を持つ親のような気持ちになりつつ、俺は腕の中のメリディアナに言った。

「それで例の淫魔もどきについてなのだが……」

「ええ、そのことなのだけれど、一つ気になることを思い出してね。実は結構前に〝インキュバスキング〟の高位魔族が突然殺されたことがあったの」

「殺された？　冒険者にか？」

「いいえ、それが分からないのよ。魔王さまも詳細を教えてくれないし、あとに補充されたのもインキュバスキングとはまったく関係ないおじさんだったりで、もしかしたら種族として何かやらかしたんじゃないかってもっぱらの噂よ」

「え、でもそれって状況的に魔王さんが処分したってことじゃないんですか？」

　ぴのこの問いに、メリディアナは首を横に振って言った。

「いいえ、それはないと思うわ。もしそうなら〝見せしめとして処分した〟って必ず仰るはずだもの。でもそうではなく、ただ一言〝死んだ〟とだけ仰ったわ」

「ふむ、ならばやはり別のやつに殺されたのだろう。ちなみに代わりに補充されたというおっさんはどんなやつなんだ？」

「うーん、なんか〝Sランク冒険者〟を殺しまくれるくらい強いらしいんだけど、私的には生理的に無理っていうか……。前のキザったらしいインキュバスキングくらい生理的に無理ね。まあインキュバス自体生理的に無理なのだけれど」

「めちゃくちゃ生理的に無理じゃないですか……」

「まあ仕方ないわ。サキュバスとインキュバスの関係ってそんなものだもの。でなければとっくに二つの種族がくっついてるはずよ」

「確かに……」

「ふ、ちなみに俺は幼き頃より生理的に無理だと言われ続けてきた益荒男よ」

「いや、さらりと悲しいことをそんなドヤ顔で言わんでください……。どんなメンタルしてるんですか……」

◇

とりあえず犯人の狙いが人妻だというのはほぼ確定したので、俺たちはギルドにその旨を報告し、緊急クエストとして人妻のいるご家庭に冒険者を護衛として複数派遣してもらうことにした。

俺の予想ではなんらかの幻術スキルを使ってくる可能性が高いからな。

たとえ外出を禁じたところで旦那ごと術にかけられてしまえば意味がない。

ならば各ご家庭ごとに護衛をつけ、何か異常があればすぐに照明弾などで周囲に知らせる方がやつも手を出しづらくなるのではないかと考えたのだ。

「ふむ、作戦開始から今日で一週間か。今のところ次の被害者が出ている様子はないが……」

「その代わり犯人の手がかりもまったく得られていませんね……。もしかしてもうこの町にはいないのでは……？」

「ああ、確かにその可能性はあるだろう。だが今回のやつは色々とタチが悪いのでな。判断は慎重にせねばならぬ」

「そうですね……。本人の気づかないうちに妊娠からの即出産とか、女性からしたら恐怖でしかないですし……」

「うむ。とりあえず明日のギルド会合で一度皆の話などをまとめてみよう」

「ええ、分かりました」

そうして本日の見回りを無事終えた俺たちは、遅めの夕食を摂るべく行きつけの酒場へと赴く。

この時間でも酒場内はそれなりに賑わいを見せているようだった。

「「よいしょっと」」

揃ってカウンター席（ぴのこはカウンター上）に腰掛け、女将に料理を注文する。

そしてまずはしゅわしゅわのお酒を互いにぐいっと一杯呷り、一息吐いていると、ふいに隣の席の冒険者らしき男性が声をかけてきた。

「はは、いい飲みっぷりじゃないか。君は冒険者かい？」

「やだ、イケオジ……」

ぽっ、とぴのこが頬を染めるその男性は、確かに無精髭の似合うダンディなおじさまだった。

ちょっとくたびれた感じが母性をくすぐるタイプのイケオジだ。

たぶん年齢は俺と同じくらいだろう。

「うむ。まだ駆け出しのぺーぺーだがな。そういうあなたも冒険者か？　見たところこの街の者ではないようだが……」

「ああ、そのとおりさ。僕は……って、君のその出で立ち……もしかして君が噂のゲンジくんかい？　〝隻眼〟討伐の報酬に人気受付嬢ちゃんを手に入れたっていう」

「ふ、確かに俺がそのゲンジくんだ。受付嬢ちゃんも美味しくいただいたぞ」

「やめてください、生々しい……」

「はは、確かにレディの前でする話ではなかったね。ごめんよ、ひよこちゃん」

「いいえ、いいんですおじさま……（ぽっ）」

「ふっ……（照）」

「いや、あなたじゃないですよ……。なんで毎回自分だと思うんですか……」

ぴのこが半眼を向けてくる中、イケオジがどこか嬉しそうに笑って言った。

「でも会えて本当に光栄だよ。勇者さまから話は聞いていたんだけど、一体どんな人なんだろうってずっと気になっていたんだ」

「む、そうだったのか。もしかしてルーファを訪れたのもパールちゃんの？」

「ああ。〝お前たちも気合いを入れろ〟とお尻を叩かれちゃってね。ほら、彼女怒らせると怖いだろう？」

そう言って肩を竦めるイケオジに、俺も「確かに」と口元を柔らげる。

するとイケオジは思い出したように胸元から金色のプレートを取り出して言った。

「ああ、そういえば自己紹介がまだだったね。もう気づいているとは思うけど、僕は勇者さまと〝隻眼〟討伐の任に赴いたSランク冒険者の一人でさ。仕事の都合上、本名はちょっと教えられないんだけど、皆からは〝エンペラー〟と呼ばれてるよ。得意なのは工作系だからサポート係にでも呼んでくれたら嬉しいな。よろしくね、二人とも」

「はい、よろしくお願いします、エンペラーおじさま♪　私はぴのこです♪」

「そして俺がゲンジおじさまだ。よろしく頼む」

　笑顔のぴのこに続いて俺も軽く会釈をする。

「しかし〝皇帝(エンペラー)〟か。〝王(キング)〟である俺としてはなんとも言えぬ親近感を覚えるな」

「はは、そいつは嬉しいねぇ。確か君は〝オークキング〟とも呼ばれているんだって？　一体どうやってあのオークたちを手懐けたんだい？　彼らが自発的に〝王〟と慕うなんて通常じゃあり得ないだろう？」

「ああ、そうだな。だから俺は力ではなく精力で彼らを……いや、彼女らを屈服させたのだ。種付けおじさんらしく三日三晩、百人近いオークの雌たちを相手にし続けてな」

「そ、それはまた凄いね……。僕には到底無理な話だなぁ……」

　若干引いている様子のイケオジだったが、彼はふと気づいたように言った。

「ところでその〝種付けおじさん〟というのは君のスキルなのかい？　勇者さまもよくは分かっていなかったみたいなんだけど」

「いや、職業だ。俺の夢は子沢山ハーレムだからな。それを叶えるための天職と言えよう」

「なるほどね。世の中には面白い職業があるもんだなぁ。でも正直君が羨ましいよ。ここだけの話、僕はいわゆる〝種なし〟だからさ」

「ふむ、それは辛いな……。せめて俺の玉を片方分けてやれればよいのだが……」

「はは、ありがとう。じゃあその時はお返しに僕の玉を片方受け取ってくれるかい？」

「無論だ。このゲンジ、約束は守ろう」

「ありがとう、ゲンジくん」

ふっと互いに微笑み合う中、ぴのこが呆然と言ったのだった。

「え、なんでいい話風にまとまってるんです……？」

◇

というわけで、俺たちは今日の出会いに感謝し、またイケオジのお玉に鎮魂を捧げるべく、互いに酒を酌み交わしていた。

まあ今のところ淫魔もどきにも動きはないからな。

ここのところ神経も張り詰めっぱなしだったので、少しくらい肩の力を抜いてもよいのではないかという話になったのだ。

「ささ、どうぞエンペラーおじさま～♪」

「おや、すまないね。ありがとう、ぴのこちゃん」

「いえいえ～♪」

ただあなたはちょっと肩の力を抜きすぎだと思うぞ、ぴのこよ。

お酌をするならこっちのおじさまにもしてくれ。

おじさまとってもジェラシーです。

「しかし全種族に子を孕ませるとはまた大それたことを考えるね。そんなに自分の遺伝子を後世に残したいのかい？」

「まあそれもあるのだが、俺はただ多くの人々に囲まれたいだけだ。俺を慕ってくれる優しい人たちにな」

「なるほど。君は寂しがり屋さんなんだね」

「ふ、否定はせぬよ。〝孤高〟と〝孤独〟はまったくの別物だからな」

「はは、確かに。でもいいのかい？　人以外の種族との子は必ず人ならざる者になる。しかも人の特徴はほとんど受け継がれない。それは果たして自分の子と言えるのかな？」

「ふむ、難しい質問だな。子種は間違いないが、まったく似ていない子を我が子として愛せるのか、か」

「ああ、そうさ。面影があるからこそ自分の子だという愛着が湧くんじゃないかと僕は思うんだ。まあ種なしの僕が言ったところでなんの説得力もないんだけどね」

「いや、そんなことはない。むしろ子を作れぬ身体だからこそ、なおのこと自らの面影を持つ子を求めるのだろう。それは決して卑下するようなことではない」

「そうかい。君は優しいね」

まあ俺は一度何も残せずに死んでいるからな。

〝優しい〟とは少々違うのだが、気持ちくらいは分かるさ。

「ともあれ、先ほどの問いの答えは〝イエス〟だ。俺の子であるのならば容姿などは関係ない。むしろ母親に似た方が幸せというものよ」

「なるほど。君らしい実にいい答えだ。……さて、大分酔いも回ってきたね。今日は僕がご馳走しよう。これでも一応金札だからね」

「すまんな。ではありがたく馳走になるとしよう」

そうして会計を済ませて外に出た後、イケオジがとある方を指差して言った。

「僕は向こうなんだけど……どうだい？　少し酔い冷ましに歩かないかい？」

「ああ、もちろんだ。では行くとしようか」

それから他愛もない会話をしつつ、俺たちは暗い路地を歩き続けていたのだが、

「はは、ぴのこちゃんは本当に可愛いねぇ」

「やだもうおじさまったらお上手なんですから～♪」

「……」

なるほど、これがＮＴＲか……。

いつの間にやらイケオジの肩に移動し、乙女モード全開で楽しそうにしているぴのこの姿に、俺はふっとニヒルな笑みを浮かべる。

そういえば前にもこんな気持ちになったことがあったか。

あれはそう、俺がまだ学生の頃の話だ。

当時好きだった清楚系女子が夏休み明けにごりごりの黒ギャルになっていたのを見て、危うく脳が破壊されかけたのである。

まああれはあれでエロかったので、その後脳は無事回復したのだが……。

ともあれ、確かに少々寂しくはあるが、ぴのこが幸せそうなのであれば俺から言うことは何もない。

思えば、この世界に来たのも半ば強制のようなものだったからな。

たとえ顔では笑っていたとしても、心のどこかではやはり不満に思うこともあったことだろう。

それが少しでも癒やされるのであれば、おじさまはクールに見守るだけのことよ。

ふっと俺が再度口元に笑みを浮かべていると、ふいにイケオジが立ち止まって言った。

「じゃあ僕はこっちだから。今日は付き合ってくれてありがとう」

「いや、こちらこそ感謝する。しかし随分と人気のない場所に泊まっているのだな」

確かこの辺りはいわゆる貧困層が暮らしている地区だったはずだ。

「まあね。金札にもなると色々と気をつけないといけないからさ。たとえば〝英雄殺し〟とかね」

「英雄殺し……。どこかで聞いた名だな」

「あれですよ、あれ。なんかSランク冒険者ばかり狙うっていう」

「ああ、そういえば初めてギルドを訪れた際にシンディさんが言っていたな。ただでさえ数の少ない金札を狙い、殺し回っている者――〝英雄殺し〟」

「そう、その英雄殺しに狙われないようできるだけ目立つ場所に泊まることは避けているのさ」

「ふむ。人気のない場所というのも危うい気がするのだが、何か対抗手段のようなものがあるということか」

「まあね。さすがに方法までは言えないけど、僕はこういう性格だからさ。のらりくらりと躱すことに長けているというか、とにかく逃げるのは得意なんだ」

「さすがです、エンペラーおじさま♪」

「はは、ありがとう。じゃあまたね、ぴのこちゃん」

「うぅ、お別れするのが辛いですぅ～……」

ほろりと涙ぐみながら、ぴのこがこちらにぱたぱたと飛んでくる。

やれやれ、まったく困った小デブちゃんだな、と内心肩を竦めていた俺だったのだが、

──ずしゃっ！


「……えっ？」「──っ⁉」

その時、突如ぴのこの背中から血飛沫が舞った。

「ぴ、ぴのこおおおおおおおおおおおおおおおおっ⁉」

ふわり、と力なく地面に落ちてきたぴのこを両手で受け止めた瞬間、生温かい血の感触がべちょりと広がり、俺は戦慄する。

「おじ、さま……？」

「ぴのこ⁉　おい、しっかりしろぴのこ⁉」

懸命に呼びかけるもぴのこの目は虚ろで、血も絶えず滴り落ち続けていた。

このままでは命に関わる。

「くっ、──《母胎回帰》ッ！」

ゆえに俺は早々に彼女を回復させようとしたのだが、

「――無駄だよ。言っただろう？　僕は工作系が得意だって。スキルは使えないよ」

「くそっ⁉」

やつの言ったように俺のスキルはまったくと言っていいほど発動の兆しを見せなかった。

「《エンペラーゾーン》――それがこのスキルの名だ。僕を中心に半径五百メートル以内で発動された全てのスキルを無効化する。よって君のスキルは一切使えないし、逃げることもできないよ」

「貴様……っ」

ぎりっと歯を食い縛り、憤りのこもった眼差しでエンペラーを睨みつけていると、ふいにぴのこが苦しそうに俺の名を呼んだ。

「……おじ、さま……げふっごふっ⁉」

「ぴのこ⁉　待ってろ！　今助けるからな！」

「え、えへへ……やっぱりあのレオタード……着ておけば、よかった……です……」

「あ、ああ、そうだな……。今度はちゃんと着ておけばいい……。だからもう喋るな……っ」

「おじ、さま……私……怖い……おじさ……ま……」

「お、おい、ぴのこ⁉　しっかりしろ⁉　目を開けろぴのこ⁉」

少し強めに揺するも、ぴのこが目を開けることはなかった。

「……何故だ」

「うん？　何がだい？」

「何故ぴのこを斬った……っ？」

「そりゃ邪魔な使い魔を真っ先に始末するのは戦術の基本だろう？」

「だから斬ったと……っ？　あれだけあんたを慕っていた彼女を……っ」

「当然だよ。むしろどうして君はそんなに怒っているんだい？　所詮はただの使い魔じゃないか。使い捨ての道具と同じだろう？」

「……そうか。あんたの気持ちはよく分かった……。よかったよ、彼女が気を失ってくれていて……」

その瞬間、俺はアイテムボックスを開き、ぴのこをゆっくりと中に入れてやる。

仮死状態であるならまだ助けられるかもしれないからだ。

「……ごめんな。暗くて怖いかもしれんが、少しだけここで待っていてくれ」

「へえ、収納系のアイテムかい？　随分と珍しいものを持ってるんだね」

「貴様に答える必要はない」

「おやおや、そいつはつれないねぇ」

しかしアイテムボックスが使えてよかった。

こいつはステータスオープン同様、別系統の力ゆえ、スキル封じの範囲外だったのだろう。

「それよりどういうつもりだ？　エンペラー。何故Sランク冒険者の貴様が俺たちを狙う？

〝隻眼〟を俺に狩られた腹いせか？」

「まさか。そんな下らない理由で君を狙うはずないだろう？　というか、そもそも僕はSランク冒険者じゃないよ」

「……なんだと？」

訝しげに眉根を寄せる俺に、エンペラーはじゃらじゃらと懐から金札の束を取り出して言った。

「ほら、これらは貰いものなのさ」

「……そうか。貴様があの〝英雄殺し〟だったのだな」

「ああ、そうだよ。でもそれだけじゃあない。君たちが追っている淫魔もどき——あれも僕さ」

「だろうな。だから同じ種付けおじさんである俺に近づいたのだろう？　わざわざパールちゃんを出しに使ってまでな」

「もちろんさ。君みたいな〝いい人〟はいわゆる人の善性を信じ、身の上話には共感しようとする。ゆえに懐に入るのは容易い。まさに僕にとっては最高に〝都合のいい人〟なのさ」

「……」

「でもまさかこんなしょぼくれたおじさんが淫魔もどきだったとは思わなかっただろう？　けれど残念。僕はこれでもオークとインキュバスキングのハーフでね。通常では生まれるはずのない、ある意味奇跡の存在なんだよ」

「……なるほど。ゆえに人妻たちは貴様に魅了され、そのオーク並みの精力で種付けされたというわけか。胎児の成長が異常に早かったのも貴様が〝奇跡の存在〟とやらだからか？　〝種なし〟が聞いて呆れるな」

恐らくはこいつがメリディアナの言っていたインキュバスキング殺しの犯人だろう。

確かにスキルを封じられてしまえば、いかな高位魔族と言えどひとたまりもあるまい。

そう吐き捨てるように言った俺に、エンペラーは首を横に振って言った。

「いや、種がないのは本当だよ。だから厳密には僕の子じゃないんだ」

「……なんだと？」

「僕の種はね、通常の種とは違ってすでに妊娠している女性に与えることで、胎児の成長を著しく促進させるというものなんだ。要はただの〝養分〟さ。笑えるだろう？　オークとインキュバスキングのハーフである僕が子どもの一人すらまともに作ることができないなんてさ」

自嘲の笑みを浮かべながら、エンペラーは続ける。

「おかげで僕は精通してからずっと種馬の如く、ただ金のためだけに精を絞られ続けてきた。昼夜問わず専用の機器に繋がれ、強制的に種を垂れ流すだけの道具としてね。辛かったなぁ……。いつも思ってたよ。どうして僕だけがこんなに辛い目に遭うんだろう、どうしてあいつらだけが幸せそうに笑っているんだろうってね」

「だから奪う側に回ったと？」

「ああ、そうだとも。この《エンペラーゾーン》を手に入れた時に思ったんだ。神さまは僕を見捨ててはいなかった。今度は僕が皆から全部奪い取ってやるんだって。そしたらどうだい？　こんなに楽しいことはないじゃないか！　一気に世界が開けた気がしたよ！　僕が寝取った夫婦たちを見ただろう？　幸せの絶頂から叩き落としてやるあの快感は本当に筆舌に尽くしがたい！」

両腕を大きく広げて饒舌に語るエンペラーに、俺は静かに嘆息して言った。

「……そうか。貴様は心とともに性癖までも大きく歪ませてしまったのだな」

「いやいや、僕は至って正常さ。やられたからやり返す――当然のことだろう？」

「そうだな。復讐自体を否定するつもりはない。が、貴様のやっているそれは違う。そんなものは復讐などでは断じてない。ただ名を借りただけの理不尽な八つ当たりだ」

「……なんだって？」

「気づいていないのならば教えてやる。貴様がやっていることは、貴様を利用してきたやつらがやってきたこととなんら変わらんということをな」

「僕が、あいつらと同じだと……っ⁉」

「そうだ。己が欲望のまま理不尽に他者を傷つけ、悲しませる——貴様とそいつらに一体なんの違いがある？　何も変わらぬだろう？　しかもそれをさも正義の如く語り得意気になるなど笑止千万。もはや〝哀れ〟という言葉すら生温い」

「……は、はは、君はやっぱり目障りだね。メリディアナちゃんから聞いていたとおりだよ」

「ならばどうする？　俺からもまた奪ってみせるか？　ぴのこを傷つけたようにな……っ」

ぎりっと再び歯噛みする俺に、エンペラーは「そうだね」と頷いて言った。

「僕は君が妬ましくて堪らない。たかが人間の分際で僕の欲しかったものを全て手に入れている君がね。だからここで死んでくれないかい？　ゲンジくん。君の大事なママたちは僕が全部もらってあげるからさ」

「寝言は寝てから言え、下郎。むしろ死ぬのは貴様の方だ、エンペラー。言っておくがな——俺をここまでブチギレさせたのは貴様が初めてだぞッ！」

——ばきんっ！

その瞬間、俺の身体から《送り狼の鎧》が弾け飛んだのだった。

【九話】悲しみを背負いし者たち

Tanetsuke Ojisan no isekai press Manyuki

「唸れ双蛇の檻――《バーントルネード》ッ！」

ごうっ！　とやつの放った二重螺旋の炎が俺の身体を焼き、堪らず膝を折りそうになる。

「ぐっ……」

だが俺は歯を食い縛って耐え、鋭くやつを見据える。

「――《ライトニングスラッシュ》ッ！」

――ずしゃっ！

「ぬうっ⁉」

そんな俺に間髪を容れず、袈裟斬りの光速剣が牙を剥く。

ぼたぼたと胸元から大量出血しながら後退る俺に、エンペラーは小首を傾げて言った。

「……どうにも解せないねぇ。君、わざと僕の攻撃を受けているだろう？　しかもわざわざ自慢の鎧を脱いでまでさ。一体何を考えているんだい？」


「……罰と、覚悟だ」


「罰と覚悟？」

「そうだ……っ。この傷は愛する者を守れなかった不甲斐なき自分への罰……っ。だがこの程度では到底足りぬ……っ。ぴのこの受けた痛みと苦しみは断じてこの程度のものではない……っ」

「はは、なるほど。それはなんとも律儀なことだね。それで何かい？　そうやって自分に罰を与えながら僕を倒すための覚悟を決めていると？」

「否……っ。〝倒す〟ためではない……っ。貴様を〝殺す〟ための覚悟だ……っ」

ぎっと鋭い眼差しで告げる俺に、エンペラーは一瞬気圧されたように顔を顰めた後、再び笑みを浮かべて言った。

「……なるほど。つまり君は今まで人の命を奪ったことがないということかな？　それは随分とお優しいことだね」

「ああ、そうだな……。確かに貴様の言うとおりだ……。ここには貴様のように理不尽に命を狙ってくるやつらがごまんといる……。それを分かっていながら俺は自らの手が汚れることを恐れ、その現実と向き合うことを避け続けてきた……」

だが！　と俺は拳を握りながら声を張り上げる。

「その結果、俺の大事な人たちが傷ついていくというのであれば話は別だ……ッ！　たとえこの手がどれほど汚れようと、たとえこの身が修羅と成り果てようと、俺は俺の大事な人たちを必ず守ってみせる……ッ！」

「はは、そいつは凄いや。でもいいのかい？　そんなことを言っているうちに君はもうとっくに死にかけだ。それで僕を殺せるとでも？」

「いらぬ心配だな……。この程度の攻撃で死ぬほどやわだとでも思っているのか……？」

「……そうかい。ならこっちもそろそろ本気で行かせてもらうよ！」

だんっ！　と地面を蹴り、エンペラーが白刃を振り下ろしたのだった。

さっきから一体何度渾身の一撃を目の前の男に叩き込んだだろうか。

殴り、蹴り、斬り、燃やし——。

おかしい、とエンペラーは思った。

「……っ」

「——」

だがやつはただの一度として倒れはしなかった。

「はあ、はあ……っ」

無傷なこちらの息が上がっているにもかかわらず、全身ずたぼろのやつは最初となんら変わらぬ視線で鋭くエンペラーを睨み続けていたのだ。

「一体なんなんだい、君は……っ」

確かにエンペラーは攻撃特化の魔族ではない。

ゆえに使える剣技や術技もせいぜいが中級程度のものだけだ。

だがそれでもただの人間が、しかもパンツ一枚で耐えられるような攻撃ではない。

なのに、なのに何故この人間は耐え続ける。

何故倒れない。

何故死なない。

何故、何故、何故――。

「何故だ⁉」

「分からぬだろうな……。自分が奪われてきたからと、奪う側に回ってしまった貴様には……」

「なんだと……っ⁉」

「貴様も一度くらいは聞いたことがあるだろう……？　女性の胸が大きいのは皆の夢が詰まっているからであり、また慎ましやかなのは皆に夢を与えているからだと……」

「何を、言っている……？」

「つまり俺たち種付けおじさんも同じということだ……。種ありおじさんの俺には次世代への可能性が、そして種なしおじさんの貴様にはそれを育むことのできる希望が、それぞれ備わっているのだ……」

「可能性を育む希望、だと……っ⁉」

「そうだ……。貴様のそれは通常では生まれ出ることのできなかった弱き子を救い、種族の繁栄すらももたらす希望たりえる力……。使いようによっては皆を幸せにすることのできる素晴らしき力だ……。なのに、なのに何故それを正しきことに使わぬ……っ」

「き、君に一体何が分かる⁉　ただのお遊びで偶然できた存在だからと、生まれながらになんの愛情も受けず、ただ種馬としての運命を背負わされ続けてきた僕の苦悩が！　絶望が！　君に分かって堪るかあああああああああああああッ！」

ずどっ！　と渾身の刺突がゲンジの左胸に深々と突き刺さる。

「――なっ⁉」

　だがやつは一切動じず、その赤く染まった刀身を左手で握って言った。

「分かるさ……。俺もずっと一人だったからな……」

「何っ⁉」

「父親が誰かも知らぬし、男好きな母親には疎まれ続けた挙げ句捨てられる始末だ……。だから世の理不尽だの不条理だのというものは嫌というほど知っている……」

　だがな、とやつはさらに刀身を強く握る。

「それを嘆いて腐ったところで一体なんになる……っ。周囲に当たり散らして貴様は本当に幸せなのか……っ？　貴様は本来生まれるはずのなかった〝奇跡の子〟なのだろう……っ？　ならば何故その奇跡を誇りに思わぬ……っ。貴様の力は、多くの人々を笑顔にできるものだったのに……っ！」

　――ぴろりん♪

《エクストラスキル――〝男優転身〟を習得しました》

「女の声……っ⁉　――むっ⁉　な、なんだその姿は……っ⁉」

　べきばきと筋骨隆々の大男へと変貌していくゲンジの様子に、エンペラーは愕然と目を見開いていたのだった。

◇

しゅ～、と身体から湯気を立ち上らせながら、俺は言った。

「……貴様は先ほど不思議に思っていたな？　何故俺が倒れぬのかと。その答えがこれだ」

「答え、だと……っ⁉」

「そうだ。俺はただのデブではない。あの体型は膨大なる精力が外へと溢れ出でたもの。ゆえにオークの娘たちを相手にした際はそれを使い果たし痩せこけた。そして〝精力〟とは心身の活動力――つまりは〝生命力〟に他ならぬ」

「生、命力……っ⁉」

「そう、〝生命力〟だ。溢れ出す生命力の鎧が全身を覆うことで、貴様の攻撃が致命傷たりえなかった――ただそれだけのことだ」

「ぐっ……。ならばその姿は一体なんだ⁉　何故僕の《エンペラーゾーン》の中で強化系スキルが使える⁉　全てのスキルは無効化されるはずだ⁉」

「そうだな。だがそれは〝通常のスキル〟の話だ」

「何っ⁉」

「貴様も聞いたのだろう？　天より響きし〝エクストラスキル〟の声を」

「エクストラ、スキル……っ⁉」

どういうことだと言わんばかりの表情を浮かべるエンペラーに、俺はさらに筋肉を膨張させて

言った。

「詳しいことは俺にも分からぬ。だがどうやら俺の怒りが、悲しみが、通常のスキルとは別次元の力を目覚めさせたということだけは分かる。今まで外に溢れ出ていた全ての生命力を内側へと凝縮させ、貴様をぶちのめすためだけの〝超フィジカル〟へと全変換したということがな」

「なん、だと……っ⁉」

「さあ、幕引きだ、堕ちた皇帝よ。愛する者を傷つけられた我が怒りの拳――その身でとくと味わうがいいッ！」

――ぐしゃあっ！

「げはあっ⁉」

鈍い音を響かせながらエンペラーの身体が宙を舞う。

咄嗟に剣を手放して防御に徹したようだが、俺の拳はやつの腕の骨を砕きながら確実に顔面を捉えていた。

「……ぐっ、舐めるなあああああああああああああッ！」

ビュッ！　と空中で身体を捻り、エンペラーが懐から取り出したであろうナイフの束を投げつけてくる。

「無駄だ」

――キンッ！

「――っ⁉」

だがそれらは俺の身体に刺さることはなく、まるで鎧にでも弾かれたかのように金属音を響かせながら、あらぬ方へと飛んでいった。

「そんなおもちゃでは、鍛え抜かれた男優の肉体に傷をつけることはできぬ」

「くっ、ならばこれならどうだ！　唸れ双蛇の檻――《バーントルネード》ッ！」

ごうっ！　と先ほど同様、炎が二重螺旋を描いて向かってくる。

が。


「――憤ッ！」


「――なっ⁉」

邪魔だとばかりに放った裏拳の衝撃波が瞬く間に炎を霧散させた。

「……化け物がッ！」

口惜しそうに吐き捨てた後、エンペラーが地面に転がっていた自身の剣を拾い上げながら特攻を仕掛けてくる。

「そうだ、化け物だ。よく覚えておくがいい、奪いし者よ。誰かの大切な者を奪うということは、すなわち奪われた者を悲しき化け物へと変えてしまうということをな」

「黙れッ！　ならば僕こそが真に化け物になるべき存在だッ！　奪われ続けてきたこの僕こそがあああああああああああああああッ！」

――ばきんっ！

「――なっ⁉　ミスリル銀の剣が折れ……っ⁉」

「エクストラスキル《ゴールドフィンガー》――この光り輝く五指の前ではたとえオリハルコンと言えど朽ちた木材程度に過ぎん」

「ぐ、う……っ⁉　ふ、ふざけるなあああああああああああああああああああああっ！」

ごごう！　と自棄になったエンペラーが詠唱破棄の《バーントルネード》を一心不乱に撃ち続けてくる。

当然、そんな低レベルの術が今の俺に通じるはずもなく、嘆息して言った。

「……哀れな男よ。もし貴様が真っ当な道を歩んでいたのならば、きっとよき友になれたやもしれぬというのに……。だが貴様のしてきたことは決して許されざる行いだ。ゆえに同じ種付けおじさんたる俺の手で葬ろう」

ぬうううううううううううううううううんッ！　と腰まで引いた右拳に全てのエネルギーが集束していく。

それは次第に渦を巻き、加速し、やがて太陽の如き高密度の閃光体として完成を見た。

そして俺は――〝覚悟〟を決める。

「エクストラスキル――《破瓜》ッ！」


――どぱんっ！

「……がっ⁉」

次の瞬間、防御貫通の正拳突きがエンペラーの胴に巨大な風穴を開けたのだった。

◇

「はは、僕の負けだ……。さすがだね、ゲンジくん……」

消え入りそうな声で横たわるエンペラーを見下ろしながら、俺はしゅ～と《男優転身》を解いて言った。

「当然だ。俺は最強の種付けおじさんだからな」

「そうだね……。君は本当に強かった……。まさか僕の《エンペラーゾーン》が破られるなんてね……。まるで魔王さまみたいだったよ……」

「ほう、魔王の地位まで奪おうとしたのか。実に貴様らしいな」

「はは、見事に返り討ちにされたけどね……。君も気をつけるといい……。たとえ君がどれほど強かろうと、あのお方には絶対に勝てないからね……」

「そうか。ならば別に無理して戦う必要はないな」

「おや、そいつは意外だね……。君なら人間のために戦うと思ったんだけど……」

「戦わぬよ。もし俺がそいつと戦う時が来るというのならば、それは貴様がぴのこを傷つけたように、魔王とやらが俺の大切なものを傷つけようとした時だけだ。そしてその時、俺は必ずそいつを倒すだろう――必ずな」

「……なるほど。僕はまんまと虎の尾を踏んでしまったというわけだ……ごふっ⁉」

苦しそうに吐血しながらも、エンペラーは口元に笑みを浮かべて言った。

「さて、そろそろ時間みたいだ……。すまないがぴのこちゃんに謝っておいてもらえるかい……?　本当に申し訳なかったねと……」

「そういうことは自分で言え――と言いたいところだが仕方あるまい。せめてもの情けだ。貴様が俺にボコられ、泣きながら全裸土下座していたと伝えておいてやろう。クソを漏らしていないことにしてやるだけありがたいと思え」

「はは、確かに……。悪いね……」

「そう思っているのならば、今度はもっといいやつに生まれ変わってくるんだな」

「そうだね……。そうなれたら……いい、なぁ……」

めきめきと石のように固まった後、エンペラーの身体は粉々に砕け散り、一片残らず風に攫われていったのだった。

◇

「……う、ん～……」

ぽかぽかの温もりに包まれながら、ぴのこはゆっくりと寝返りを打つ。

なんて心地のよいまどろみなのだろうか。

きっと母に抱かれる赤子というのは皆こういう安心感の中で眠っているのだろう。

とても落ち着く温かさと、とても落ち着く優しい匂い。

願わくばずっとこうして眠っていたいのだが、さすがにそういうわけにもいかない。

先ほどから耳に届いている鳥の囀り（さえずり）が起床時間であることを静かに伝えていたからだ。

「ん～……」

だからぴのこはゆっくりとまぶたを開ける。

そうして気持ちのいい目覚めの中、ぴのこが目にしたのは、

「――よかったよ」


「……」

なんだかとってもスッキリとした顔をした小太りのおっさん（裸）だった。

「な、何がああああああああああああああああっ⁉」

当然、ぴのこは声を裏返らせながら大絶叫を上げたのだった。

◇

「やれやれ、朝から騒がしい小デブちゃんだ。一体何をそんなに驚いている？」

「ね、寝起きにおじさまの顔が目の前にあったら誰だって驚きますよ⁉　っていうか、なんで一緒に寝てるんですか⁉　しかもパンツ一枚で⁉」

「無論、あなたを温めていたからに決まっているだろう？」

「あ、温めていたからって……。じゃ、じゃあ私の感じていた温もりや優しい匂いは……っ⁉」

「当然、大好きなおじさまの温もりとかほりだ」

「ひぎいいいいいいいいいいいいいいいいいっ⁉」

「ふ、そんな海老反りで喜ばなくともよかろうに」

「逆ですよ⁉　どう見ても絶望に打ちひしがれてるでしょうが⁉」

ふむ、絶望に打ちひしがれると女神は海老反りになるのか。

随分と面白い生態だな。

「まあ落ち着け。あなたが全快したのは《パネルマジック》で分かっていたのだが、それでも心配でな。側にいられずにはいられなかったのだ」

「それってどういう……あっ」

そこで昨夜のことを思い出したらしく、ぴのこは自身の身体を見やって言った。

「そうだ……。私、エンペラーおじさまに斬られて……。おじさまが助けてくださったんですか……？」

「ああ。アイテムボックス内は時間が止まっているからな。イチかバチかの賭けではあったのだが、なんとか助けることができた」

「そうだったんですね……。それはありがとうございました……。それでその、エンペラーおじさまは……？」

「やつは俺のこの手で天へと送ってやった。やつこそが俺たちの追っていた淫魔もどきであり、かつ英雄殺しでもあったからだ」

「そうですか……。だから私を狙ったんですね……」

しょんぼりとぴのこが俯く。

どうやらかなりショックを受けているようだ。

まああれだけ慕っていたのだからそれも当然だろう。

「そう落ち込むな。俺にタコ殴りにされて改心したやつが最期に謝っていたぞ。あなたには本当に申し訳ないことをしたとな」

「ふふ、そうですか。でしたらまあ許して差し上げることにします」

「ああ、そうしてやってくれ。あれもまた悲しみを背負いし男。種付けおじさんとは、いつの世も悲しみを背負う定めにあるのやもしれぬ」

「いや、おじさまの場合は勝手に風俗とかでハズレ引いて勝手に悲しみ背負ってるだけじゃないですか……」

「ふっ……」

ぴのこの容赦ない正論に、俺はまた一つ悲しみを背負ったのだった。

「ところでなんか身体が妙に火照ってるんですけど、これいつになったら治るんですか……？」

「案ずるな。数日ほどで治まるはずだ。仮に我慢できなくなったとて、俺がちゅっちゅプレスすればよいだけのことよ」

「なるほど……。じゃあしばらく別居ということでお願いします……」

【十話】我が愛しき者のために

そうして此度の一件は無事解決し、俺たちは傷心の人妻たちをなんとか癒やすため、今回の犯人が生殖能力を持たない淫魔ハーフであること、またやつは胎児の成長を促進させることで夫婦関係が破綻する様を愉しむ特殊性癖の持ち主であることを報告した。

ゆえに産まれた子は間違いなく夫婦の子であり、淫魔に抱かれた事実はないのだと懇切丁寧、被害者たちに説明してやったのである。

無論、それだけでは疑念が残ると思うゆえ、俺たちはさらに領主殿の名のもとにハイエルフのアルティシアを招喚し、エルフ式の鑑定術的な感じでお墨付きも与えた。

さすがにそこまでやれば彼女たちも安心したようで、アルティシアの言葉を聞いた瞬間、皆涙を流しながら旦那さんと抱き合っていた。

まあ起こってしまったことは変えられないからな。

ならばせめて優しい嘘で包んでやるのが俺たちの務めというものだろう。

というわけで、アルティシアに怒濤のご褒美プレス(ケツドラムフルコース)をしてやった後、俺たちは今回の報酬としてギルドから多額の報奨金を頂戴した。

とはいえ、金の使い道などママたちに何かプレゼントするか、美味いものを食うか、娼館のお姉さま方に会いに行くかくらいしかなく、とりあえず今回の被害者たちに見舞金という名の出産祝いを贈りつつ、ダークエルフの里づくりにでも使おうかと考えていた。

「もしくはパパ活だな」

「え、なんですかいきなり……」

出店で買った串焼きを頬張りながら言う俺に、ぴのこが半眼を向けてくる。

今日は天気もよかったので、昼食は外のベンチで食うことにしたのだ。

「いや、金がありすぎても使い道がないなとな」

「だからってなんでパパ活なんですか……。急に犯罪臭出してきましたね……」

「まあこれでも種付けおじさんだからな。たまにはそれっぽい感じを出しておかねばなるまい」

「たぶんその義務感はいらないやつですね……」

もちゃもちゃと串焼きを咀嚼しつつ、ぴのこは言った。

「というか、まだまだ行ってない場所がたくさんあるんですから、まずは世界中を回ってから決めればいいんじゃないですかね？」

「そうだな。俺のハーレム計画もまだ始まったばかりだからな」

「ええ。ゴブリンにトロール、オーガにバンシーとまだまだママ候補はたくさんいますからね（棒読み）」

「ふ、そうして疲れ切ったおじさまを癒やすのは私という魂胆か。なかなかにしたたかな女よのう」

「なんですかその超ポジティブシンキングは……」

はあ……、と嘆息した後、ぴのこが俺の肩にぱたぱたと飛んできて言った。

「……まあでもおじさまが落ち込んでいる時くらいは仕方がないので、元気付けてあげてもいいですよ（ぷいっと顔を赤らめながら）」

「ふ、あなたはいい女だな」

「そうですよ？　私はいい女なんです。今頃気づいたんですか？」

「まさか。初めて会った時から気づいていたさ。あなたは俺のママになるべき女なのだとな」

「……あの、やっぱりさっきの話はなかったことにさせてもらっていいですかね？」

再度半眼を向けてくるぴのこに、ふっと口元を緩めながら腰を上げる。

「まあそれはさておきだ。早速次の目的地を決めようではないか。個人的にはそろそろ港町にでも行きたいところなのだがな」

「あ、いいですね！　私も新鮮なお魚料理が食べたいですぅ！」

「よし、ならば善は急げだ。今からギルドに戻ってシンディさんにでも――」

と。


――りーんごーん♪


「「――っ⁉」」

唐突に鳴り響いた鐘の音とともに世界の全てが停止する。

一体何が起こったのかと周囲を警戒していると、ふいに俺たちを取り囲むように純白の翼を背に生やした女性たちが光とともに姿を現す。

そして最後に最も位が高そうな女性が俺たちの前に降り立った。

神秘的な槍を手にする氷のような美しさを持つ女性――いや、〝女神〟だ。

年齢は二十代半ばから後半くらいと言ったところだろうか。

身体のラインがもろに分かるぴちぴちのスーツに身を包んでおり、どちらかと言うとくノ一やアサシンの方が近しい印象を受ける。

「せ、〝殲滅姫〟……ウィクトリアさま……っ⁉　め、〝女神改式〟の開祖が何故ここに……っ⁉」

「……女神改式？」

「え、ええ、私たち女神が習得している戦闘術のことです……。私のような一般的な女神は《女神改八式二型》という護身タイプのものを習得しているのですが、開祖であるウィクトリアさまはその究極形――《女神改十三式四型》という最強の戦闘術をただ一人マスターされているんです……」

「なるほど。つまりは〝最強の女神〟というわけか」

「はい……。間違いなく天界最強の女神です……。でもウィクトリアさまが人前に姿を現すことなんて滅多にないはず……。なのにどうして……」

至極驚いたような表情を見せるぴのこに、〝ウィクトリア〟と呼ばれた女神が厳かに言った。

「無論、お前を連れ戻しに来たからだ――女神ニケ」

「わ、私を連れ戻しにって……。〝天界に〟ってことですか……？」

「そうだ。評議会は先の一件を受け、やはり神の地上滞在は相応しくないと判断した。仮死とはいえ、〝神殺し〟などあってはならぬことだからだ」

「で、でも私はこのとおり元気ですし……」

「すでに裁定は下っている。評議会の決定は絶対だ。ゆえに大人しく戻ってこい、ニケ。お前には天界に帰還後、元の職務に戻ってもらう」

「で、ですが……」

「――ニケ」

「……分かり、ました……」

「ぴのこ？」

「ごめんなさい、おじさま……。私たち女神にとって評議会の決定は絶対なんです……。ですから私は天界に戻ろうと思います……。その、今までお世話になりました……」

ぺこり、と頭を下げた後、ぴのこがぱたぱたとウィクトリアのもとへ飛んでいく。

そんな彼女の背中がどこか寂しそうで、堪らず俺は「待て」と声をかける。

「その前に一つだけ聞かせてはくれぬか？」

「……なんでしょうか？」

「少なくとも俺はまだあなたと一緒に旅を続けたいと思っている。あなたといる時間が俺にとって最高に幸せな時間だったからだ。ゆえにあなたの本当の気持ちを聞かせて欲しい」

「それは……」

「無論、この状況だ。言いづらいのは重々承知している。だがそれでも俺はあなたの気持ちを知りたい。これが最後ならばなおのこと、あなたにも後悔をして欲しくはないからだ。だからどうか聞かせて欲しい――あなたの素直な気持ちを」

そう優しく促すと、ぴのこは俯き気味に涙声で言った。

「……私は……帰りたくない、です……。私もおじさまと一緒に……もっといっぱい旅がしたい……っ」


「……そうか。分かった」

ならば、と俺は《天牙》の柄を握って言った。

「俺は今より〝神に仇なす者〟となろう。元より種付けおじさんとは女に仇なす者。それが女神に変わったところでなんらおかしきことはなし」

「おじさま……っ」

「ほう。自ら茨の道を進むか、種付けおじさん」

「然り。ゆえにぴのこを連れて行きたくば、この俺を倒してから行くがいい――最強の女神よ」

そうして互いに睨み合うこと数秒ほど。

ウィクトリアは相変わらず無表情ながらも、どこか嬉しそうな口調で言った。

「そうだな。お前ならばきっとそうするだろうと思っていた。私の知る〝ゲンジ〟という男はそういう男だったからな。ゆえに――」

——かつんっ！

「「——っ⁉」」

周囲の女神たちが揃って杖の石突きで地面を一突きした瞬間、ぶおんっと俺の足もとに巨大な円形の術式が現れる。

「こ、これは多重術式⁉　い、一体何をなされるおつもりですか⁉」

「案ずるな、ニケ。別にその男を傷つけるつもりはない。むしろ傷つけたところで、その男は何度でも立ち上がってくることだろう。まさに不死鳥の如くな。であれば我らがとるべき手段は一つだ。——おい」

「うい～」

ウィクトリアに呼ばれて気怠げに姿を現したのは、健康的な褐色肌とデコられた翼が特徴の化粧濃いめな巨乳美女だった。

そう、今時珍しい〝黒ギャル〟である。

「てか、マジでやんの？　あたしちょーしんどいんですけど」

「悪いな。お前にしかできんことだ」

「りょ～」

嘆息しながら前に出た黒ギャルに最大限の警戒をしつつ、俺はウィクトリアに言った。

「言っておくが、俺は煮卵と黒ギャルの尻を見分けることができるくらい黒ギャルを愛する男だぞ」

「知っている。それゆえの人選だ」

「ぬう……」

一体何を考えているのかと柄を握ったまま鋭く黒ギャルを睥睨する俺に、彼女はやはり気怠そうにこう口にした。

「――《クレンジング》～」


その瞬間、黒ギャルの濃い化粧が蒸発するように溶け、彼女の素顔が露わになったのだが、

「――ぐ、ぐわあああああああああああああああああああああっ!?」


「おじさま!?」

そこにいたのはまったくの別人だった上、急激に俺の身体から力が抜け、堪らず膝を突く。

「いや、失礼じゃね？　人のすっぴん見て悲鳴上げるとか、ちょー失礼じゃね？」

「よくやった、ゆぃぽん。約束通りタピオカだろうとマリトッツォだろうと好きなだけ食わせてやる。日サロも焦げるまで行くがいい」

「てか、その前に姫ちゃみも大概じゃね？　あたしマジ可哀想……ぴえん」

黒ギャルが泣きジェスチャーをしながら後ろに下がった後、ヴィクトリアが俺を見下ろして言った。

「力が入らぬだろう？　それが〝萎え〟だ」

「〝萎え〟、だと……っ」

「そうだ。性欲と精力を己が力に変えるお前の唯一の弱点――それがその〝萎え〟だ。確かにお前は自分好みではない女とも性交に及ぶことを礼儀としている上、事実それをやり遂げてきた。だがそれは単に自らの強靭な精神力と性欲でただ乗り切っているだけのこと。相手のことを慮り態度には出さぬが、心の中では多少なりとも気持ちが萎えている。違うか？」

「ぐっ……」

「そしてそれを私は新たなるスキルとして組み上げた。お前が心の中で少しでも気持ちが萎えた瞬間、それを一気に増幅させるデバフスキルとしてな」

「じゃ、じゃあさっきの黒ギャルさんは……」

「そうだ。そこの男は自分の大好きなエロい黒ギャルが出てきたことで期待したはずだ。もしかしたらそういう勝負をする気なのではなかろうかとな。だが私はそれを逆手に取り、エロい女から一気に地味子にすることでやつに〝萎え〟という感情を芽生えさせ、それを多重術式で増幅することで気力の全てを奪い取ったというわけだ。言ってみれば〝心因性のＥＤ〟よ」

「心因性のＥＤ……」

「不覚……っ。よもやそのような方法で俺の力を封じようとは……っ」

　まるで身体が鉛にでもなったかのように動かなくなった俺の方へと、ウィクトリアが右手をかざす。

「――きゃあっ⁉」

「ぴのこ⁉」

　すると近くにいたぴのこが光の檻に閉じ込められ、そのままウィクトリアの手の中へと収まっていった。

「さて、戯れは終わりだ、種付けおじさん。ニケは返してもらうぞ」

「お、おじさま⁉　おじさまああああああああああっ⁉」

「ぐっ、柴犬ッ！」

　――がしょんっ！

「ワオーン！」

　銅像状態になった柴犬が猛然とウィクトリアに襲いかかる。

　が。

「――おすわり」

「クゥ～ン……」

　ぎろり、と睨みを利かせた彼女の威圧感には抗えなかったらしく、急ブレーキからのぽてりと腹見せポーズになっていた。

　く、ならば……っ。


「――ぬあああああああああああああああああああっ！」

　――ばしゅうっ！

「……ほう？　自ら下着を吹き飛ばすことで陰部を我らに晒し、性的興奮を得て立ち上がるか。最後まで楽しませてくれる。だが無駄だ。――お前たち」

くいっとウィクトリアが女神たちに顎で促すと、彼女たちは揃ってその豊満な胸元に手を入れ、ごそごそと何かを取り出して俺の前へと投げた。

「こ、これは……パッド⁉」

そう、それは乳盛り用のパッドであった。

つまり彼女たちは全員……っ⁉

「ぐわあああああああああああああああああああああああああっ⁉」

「お、おじさまあああああああああああああああああっ⁉」

「今度こそ終わりだ、種付けおじさん。お前にはもう上体を起こす力も残ってはいまい。明らかに巨乳そうなタヌキ顔までが絶壁だったのだ。お前にとってこれ以上の衝撃はなかろう。いい加減諦めることだな」

そう言ってウィクトリアが踵を返そうとする。

が。


「……男優、転身……っ！」


「！」

しゅ～、と身体中から湯気を立ち上らせながら、俺は最後の力を振り絞ってエクストラスキルを使おうとする。

そんな俺の姿に、ウィクトリアが足を止めて言った。

「やめておけ。今のお前がそのスキルを使ったところで私には勝てん。それはお前が一番よく分かっているはずだ。――見ろ、その痩せ細った身体を。早くスキルを解かねば死ぬぞ」

「そんなことは百も承知……っ。だが俺は絶対に退かぬ……っ」

「……ふむ。己が命を賭しても愛する者を守る、か。本当にお前は私の期待を裏切らんな。だがお前にこれ以上打つ手はない。私とてニケを悲しませたくはないのだ。どうしてもスキルを解かぬというのであれば、力尽くでお前の意識を奪うまで」

ぶんっ！　と槍を振り払い、ウィクトリアがゆっくりと俺の方に近づいてくる。

「おじさま！　もういいんです！　お願いですからこれ以上は……っ」

ぴのこの悲痛な叫びが辺りに響く中、それでも俺は何か手がないかと考えを巡らせ続ける。

何かあるはずなのだ。

ウィクトリアの課した〝萎え〟を吹き飛ばすほどの何かが。

心因性のＥＤでも立ち上がることのできる何かが。

……ＥＤ改善薬？　――違う！

もっと根本から解決できる何かだ！

ＥＤの改善……予防……強い刺激は避ける……適切なのは……映像ではなく――想像力！

「！」

そうだ！

想像力を加速させろ！

〝萎え〟すらも上書きできるほどの想像力を！

そしてその先に待つ未来を！

それすなわち——。


——どぱんっ！


『——なっ⁉』

突如巻き起こった衝撃波に、ウィクトリアを含めた女神たちが揃って目を丸くする。

そんな中、筋骨隆々の男優と化した俺は全身に火花を迸らせながら立ち上がる。

——ぴろりん♪

すると時同じくして聞き覚えのある女性の声が辺りに響き渡った。

《エクストラスキル——〝想像妊娠〟を習得しました》

「……見えたぞ、ウィクトリア。あなたのアへ顔がな」

「なん、だと……っ⁉」

どういうことだと一瞬顔を顰めるウィクトリアだったが、さすがは最強の女神と言ったところだろうか。

　次の瞬間には表情に冷静さを取り戻して言った。

「……我らの術式に変化はなし。されど万全以上に発動されたエクストラスキルと、この凄まじいまでの威圧感……。なるほど、そういうことか」

「え、なになに⁉　なんであのおじさんいきなりマッチョになってんの⁉　てか、パンツ穿いてないじゃん⁉　しかもちょー勃ってるし⁉　え、マジやば⁉」

　パシャパシャとテンションアゲアゲで携帯を向けてくる黒ギャルを左腕で制しつつ、ウィクトリアが俺から視線を外さずに言った。

「それ以上近づくな。孕むぞ。……いや、すでに孕ませ済みか。そうだろう？　種付けおじさん」

「ああ。ここにいる全員すでにママ化が完了している。無論、あなたも含めてな」

「ど、どういうことですか？　え、おじさまもしかしてお魚みたいに散布するタイプのスキルに目覚めちゃったんですか⁉」

「え、マジで⁉　なにそれやば⁉　てか、母子手帳どこでもらえるか知らないんですけど⁉」

「いや、なんでちょっと受け入れちゃってるんですか……。あと母子手帳は普通に天界のお役所でもらえますよ……」

　ぴのこが黒ギャルに半眼を向ける中、ウィクトリアが「案ずるな」と彼女たちを窘めて言う。

「我らが実際に孕んだわけではない。やつの〝頭の中〟での話だ」

「頭の中……？」

「え、なにそれどゆこと？」

「恐らくは〝思考の超加速〟。やつは現実を置き去りにするほどの思考力で妄想の世界へと入り込み、そこで現実となんら変わらぬ性行為――つまりは〝プレス〟とやらを我ら全員に行ったのだろう。我らが子を孕むまでな。やつの精力から鑑みるに、その数はおよそ〝千〟と言ったところか」

「――いや、〝万〟だ」

『――っ⁉』

再度目を丸くするウィクトリアたちに、俺は厳かな口調で言った。

「俺の国のとある武人が言っていた。〝千のプレスをもって鍛となし、万のプレスをもって錬となす〟とな」
「いや、言ってませんよ……。宮本武蔵が種付けおじさんだったみたいな口ぶりやめてください……」
「まあ細かいことは気にするな。つまりは千のプレスなど所詮始まりに過ぎぬということ。万のプレスを以てやっと一人前ということだ」
「え、あのおじさん何言ってんの……？」
「すみません……。私にもよく分かりません……」

気まずそうにぴのこが視線を逸らす中、俺は「ともあれだ」とタヌキ顔の女神を指差して言った。

「あなたのそれは〝サラシ〟だな？」

「――なっ⁉」

　俺の指摘にタヌキ顔の女神がばっと両腕で胸元を隠す。

　その行為がもはや答えだろう。

「……恐ろしいな。そこまで分かるのか、お前の《想像妊娠》とやらは」

「ああ。俺にも理屈はよく分からぬ。が、彼女たちにプレスした際、その服装の下に隠された身体のラインや声などが恐らくは現実と変わらぬレベルで再現されていた。あれは断じて俺の願望や妄想の類などではないはずだ」

「であろうな。よもやそこまでの高みに達しているとは思わなかったが、現実を置き去りにするほどの思考力であればそれも当然か。一目で通常の何千、何万倍の観察を行っているのだ。肉体の成熟度や声色を解析することなど造作もないだろう」

「え、ちょ、どゆこと？　あたしらにも分かるよう説明してよ、姫ちゃみ！」

「つまりはあれだ。やつがあのエクストラスキルを使うと、妄想の世界で現実となんら変わらぬお前が出てくるということだ。乳や尻の感触から声の高低、匂い、果ては生殖器の形状に至るまでまったく同じお前がな」

「え、キモッ⁉　うわ、キモッ⁉　ちょ、あたしマジでドン引きなんですけど⁉」

　顔を引き攣らせながら自身の身体を抱く黒ギャルにふっと口元を緩めた後、俺は周囲の女神たちに視線を移す。

『ひいっ⁉』

　すると彼女たちもまた青い顔で一斉に俺から距離を取り、同時にすっと足もとの術式が消え去った。

「ふ、計算通りだな」

「いや、絶対違うでしょ……。というか、これだけ気持ち悪がられてるのにまったく動じないそのメンタルは一体なんなんですか……」

「無論、豊富な人生経験の賜物というものよ。むしろ興奮してすらおるわ」

　バチバチと全身に迸る火花をさらに滾らせる俺に、ぴのこもすーっと檻ごと離れていく。

　そんな中、再び黒ギャルが声を張り上げて言った。

「てか、なんでそんなキモいことまでしてあたしらの邪魔すんのさ⁉　あたしらはただぴのちゃみが危ないから連れてくってだけの話じゃん⁉　マジ迷惑なんですけど⁉」

「そうだな。確かにあなたの言うとおりだ。それは純粋にすまないと思っている」

「なら――」

「だが、泣いていたのだ……っ」

「えっ？」

「〝まだ帰りたくない〟と、愛する者が涙ながらに訴えていたのだ……っ。ならばたとえどれほど気持ち悪がられようと、命を賭してその涙を止めるのが彼女を愛した俺の務め……っ。ゆえに俺は絶対に退かぬ！　倒れもせぬ！　それでもなお彼女を連れていくと言うのであれば遠慮はいらぬ――この命、奪ってから行くがいいッ！」

「おじさま……っ」

うるうると感極まっている様子のぴのこ（距離そのまま）に俺は無言で頷く。

するとと別の方からもすすり泣くような声が聞こえてきた。

「え、そんなの純愛じゃん……っ。ぴのちゃみちょー愛されてんじゃん……っ。エモすぎじゃん……っ。でも未だにおじさん全裸でガン勃ちなの意味分かんなすぎて泣きそう……ぴえん」

黒ギャルである。

彼女は洟を啜りながらウィクトリアにこう言った。

「ごめん、あたしこれ以上ぴのちゃみ引き留めるの無理かも……。だって二人ともちょー好き同士なんだもん……くすん」

「気にするな。どのみち今のやつをこれ以上刺激するのは危険だからな。現状でも私の優位性は変わらぬが、あの〝種付けおじさん〟なる男の力は未知数だ。最悪、天界中の女神たちがやつの子を孕む可能性すらある。ゆえにここまでだ。愛する者同士を引き裂くことなかれ、ということだろう」

「りょ～……」

「いや、あの、ちょっと待ってください。私、別に愛してはいないんですけど……」

そう異議を申し立てるぴのこを華麗にスルーし、ウィクトリアが俺を見やって言った。

「というわけだ。望み通りニケは解放してやる。好きに連れていくがいい」

しゅうんっ、とぴのこを捉えていた光の檻が消失し、彼女は困惑したようにウィクトリアに問いかける。

「あ、あの、本当によろしいのですか……？」

「ああ。やつの潜在能力は規格外だからな。あれはいずれこの私にすら届きうる刃となろう。ゆえにここは大人しく退くべきだと判断した。私のみならまだしも他の女神たちを巻き込むわけにはいかないからな」

「さすが姫ちゃみ！　あたしらズッ友なんですか……？」

「え、ズッ友なんですか……？」

「らしいな。今度日サロに連れていかれる予定だ」

「えぇ……」

日サロ……、とぴのこが白目を剥きそうになる中、ウィクトリアが再び俺を見やって言った。

「ともあれだ。確かにニケは解放してやるが、さすがにただでというわけにはいかぬ。それでは評議会も納得しないだろうからな。ゆえに私から一つ提案がある」

「うむ。引き受けよう」

「いや、まずは内容を聞きましょうよ……。というか、その前にパンツを穿いてください……。あとなんなんですかこのムキムキ具合は……」

ぶつくさ言いながらもぴのこがいつもの位置に落ち着く。

変わらぬもっさりとした尻の温もりに安堵感を覚えつつ、俺は《男優転身》を解きながらウィクトリアに問う。

「それであなたの提案とは一体なんだ？　神殺しをうやむやにできるほどの案件などそうはあるまい」

「ああ、そうだな。だが内容は至ってシンプルだ」

　そこで一旦言葉を止めたウィクトリアは、改めて俺たちを見やって言った。

「――〝魔王を倒せ〟。それが此度の件を納得させられる唯一の方法だ」

「そうか。分かった」

「いや、決断の早さ……。でもどうして魔王の討伐をおじさまに依頼されるのですか？　この世界には勇者のパールさんがいらっしゃるのに……」

「ああ、確かにあの者はよき戦士だ。このまま修練を積めばいずれか魔王の前に立つまでに成長することだろう。だが〝立つ〟ことはできても〝勝つ〟ことはできぬ。この世界の魔王はあまりにも強大になりすぎた。あれは今や私にすら匹敵する力を持っているからな」

「え、そうなんですか⁉」

　びくり、とすこぶる衝撃を受けている様子のぴのこに、ウィクトリアは「ああ」と頷いて言った。

「それゆえに評議会もお前を連れ戻すよう告げたのだろう。今回は運よく助かったが、もし相手が魔王であれば確実に殺されていただろうからな」

「はわわわわ……っ⁉」

　ぴのこが青い顔でぷるぷるする中、俺は泰然と腕を組んで言った。

「なるほど。ゆえにいずれあなたをママにする俺に白羽の矢が立ったというわけか」

「まあそういうことだ。お前がもし本当に私を超える者になれるというのであれば、当然魔王すらも討ち滅ぼすことができるだろう。そうなればたとえ評議会とて口出しはできまい」

「確かに。最強の女神すら上回る最強の種付けおじさんが護衛なのだからな。これ以上に安心できる環境など存在しないだろう」

「私は色々な意味で身の危険を感じてますけどね……」

「ふ、それは杞憂というものよ」

　半眼のぴのこにそう口元を緩めつつ、俺は再度ヴィクトリアを見やって言った。

「だがこの話、それだけでは終わるまい」

「ほう、よくキレる男だ。ますます好ましいぞ」

「え、どういうことですか？」

「よく考えてもみろ。評議会とやらはヴィクトリアを失うことを恐れて今までその魔王とやらに手を出さずにいたのだ。それほど彼女の存在は天界にとって大きいということだろう。にもかかわらず、それを超える可能性を秘めた者が現れたと聞き、真っ先に評議会が思うことは一体なんだと思う？」

「えっと、ウィクトリアさまに危害が及ばなくてラッキー、とか……？」

「ある意味正解だ。確かに俺が魔王を倒せばヴィクトリアが危険に晒されることはなく、この世界も平和になる。めでたくハッピーエンド――と言いたいところだが、残念ながらそうはならぬのだ」

「え、どうしてですか？　一番の問題だった魔王がいなくなったのに……」

「ああ、確かに魔王はいなくなった。が、同時に魔王以上の力を持ち、かつ天界最強の女神ですら抗えぬ者が誕生してしまった。——そう、〝俺〟だ」

「つ、つまり今度はおじさまが狙われる番になるってことですか⁉」

「いや、恐らくヴィクトリアはこう評議会を説き伏せるつもりだろう。俺を魔王にぶつけた後、勝った方を自分が即座に殺す、とな」

『——っ⁉』

ぴのこを含めたヴィクトリア以外の女神たちが目を丸くする中、「そうだろう？　ヴィクトリア」と彼女に尋ねる。

すると彼女は当然だと言わんばかりに頷いて言った。

「ああ、そのつもりだ。でなければ評議会を黙らせることなどできはしないからな」

「そ、そんなの酷すぎます⁉　おじさまに〝魔王と戦って死ね〟って言うんですか⁉」

「そういうことになるな」

「だ、だったら私はやっぱり天界に帰ります！　そんなことにおじさまを巻き込むくらいなら私は——」

と。


「——案ずるな、ぴのこ」

「おじさま……？」

涙ながらに俺を守ろうとしてくれたぴのこの頭を優しく撫でた後、俺は再び腕を組んで言った。

「ウィクトリアよ。その魔王とやらは雄か？　それとも雌か？」

「雌だ。というより、〝女〟と言った方が正しいだろうな」

「そうか。ならばなんの問題もあるまい。俺がその女魔王とやらをプレスでママにした直後、ウィクトリアもまたママにすればいいだけのこと。――そう、怒濤の〝ダブルママプレス〟だ」

『ど、怒濤のダブルママプレス……っ⁉』

一体どういうことかとぴのこを含めた女神たちが揃って眉根を寄せる中、

「……ぷっ、あはははははははっ！」


『！』

突如辺りに笑い声が響き渡り、彼女たちは目を丸くしたまま固まってしまう。

何故なら笑い声を上げていたのが他でもないウィクトリアだったからだ。

先ほどまで氷のような無表情を貫いていた彼女が腹を抱えながら大爆笑している姿に、ぴのこたち女神は唖然として言葉を失っていたのだ。

「え、姫ちゃみちょー笑ってんじゃん……。てか、笑うとこ初めて見たんですけど……」

「……いや、すまない。あまりにも私を喜ばせてくれるものだからついな。しかしこんなにも笑ったのはいつ以来か。数千……いや、数万年ぶりかもしれん。ふふ、これはもはやお前に恋い焦がれていると言っても過言ではないぞ、種付けおじさん」

「ほう、それは奇遇だな。俺もあなたを一目見た時からママッときていたのだ」

「なんですか〝ママッときた〟って……。〝ビビッときた〟みたいに言うのやめてください……」

半眼のぴのこにふっと笑みを浮かべていると、ウィクトリアがやはり嬉しそうに言った。

「ともあれだ。その宣戦布告確かに受け取った。私を失望させてくれるなよ、種付けおじさん。お前は唯一私の高みに達することができる者だ。この如何ともしがたい退屈な時間を終わらせる可能性を秘めた者なのだ。ゆえに道半ばで倒れることは絶対に許さん。必ず魔王を……いや、必ず私の前に立ってみせろ。そして私を愉しませろ——必ずだ」

「ふ、よかろう。ならばせいぜいオリハルコン製のベッドでも用意しておくんだな。我が全霊の百億プレスにも耐えうるキングサイズのベッドを。そこがあなたのママとなる場所だ」

ドーンッ！　と指を差して告げる俺に、ウィクトリアは恍惚の表情で頷いていたのだった。

「ああ、覚えておこう」

◇

「なんか姫ちゃみ普通にやべえやつだったわ……」

「そうですね……。そこはかとないヤンデレ臭を感じましたよ、私は……」

ちゅー、といつの間にやら仲良くタピオカミルクティーを飲んでいるぴのこたちを尻目に、少々落ち着きを取り戻したらしいウィクトリアが一つ咳払いをして言った。

「ともあれだ。今のお前ではまだ魔王に勝つことはできないだろう。ゆえにまずは世界中を回って研鑽(けんさん)を積んでくるがよい」

「ああ、元よりそのつもりだ。魔王うんぬん以前にぴのこにも色々なものを見せてやりたかったからな」

「ヒュ～♪」

「やめてください、黒ギャルさん……っ」

どこか恥ずかしそうに黒ギャルを睨むぴのこを微笑ましく思っていると、ふいにウィクトリアが俺の後方を指差して言った。

「ふむ、ならばお前に一つ試練を与えてやろう。ここより遥か北の山岳地帯に〝妖狐族〟と呼ばれる亜人の里がある。そこでは代々決まった血筋の女が巫女として里の安寧を守っているのだが、今代の巫女には少々問題があってな。とあることが明るみになったことで、最悪処刑される可能性すら出てきたのだ」

「え、処刑ですか⁉」

「ほう、それは随分と穏やかではない話だな。つまりはその問題とやらを解決し、巫女を救い出すことが今回の試練というわけか」

「ああ、そうだ。ただしその者が〝巫女を続けられること〟が条件だ。もしお前にそれができるというのであれば、間違いなくお前はまた一つ高みに近づくだろう——できるのであれば、な」

「ふ、いいだろう。ならばそのケモ耳巫女は必ずやこのゲンジがプレスでママにしてくれようぞ」

ゴゴゴゴゴッ、と熱い血を滾らせる俺にぴのこが半眼で言った。

「あの、それなんの解決にもなってないと思うんですけど……。というか、逆に大問題になりますよ……」

が。

「いや、そうとも限らんぞ、ニケ」

「えっ？」

「言っただろう？　巫女には〝少々問題がある〟と。何故その者が投獄されたかと言えば、それはその者が自らのことを偽り続けていたからだ」

「偽り続けていたって……。もしかして本当の血筋じゃなかったってことですか？」

「いや、血筋に違いはない。だが〝巫女〟ではなかったのだ」

『？』

ウィクトリア以外の全員が揃って小首を傾げる中、彼女は相変わらず涼しい顔で告げたのだった。

「さて、お手並み拝見だ、種付けおじさん。お前がプレスとやらでその者を〝ママ〟にできたのならばこの話は解決するだろう。が、さすがに今回ばかりはそういうわけにもいくまい。何故なら相手は妖狐族始まって以来の〝男〟の巫女――つまりは〝男の娘〟なのだからな」

『オトコノコ⁉』

「ほう……（じゅるり）」

「いや、〝じゅるり〟じゃないですよ……。なんでちょっと興奮してるんですか……」

【閑話】 その後の姫ちゃみ

そうして天界に戻ってきたウィクトリアは女神たちに労いの言葉をかける。

「皆、今日はよくやってくれた。あとは私から評議会に報告しておくゆえ、お前たちはゆっくりと身体を休めるがいい。では解散」

『はっ』

一斉に天界式の敬礼をした後、女神たちがぞろぞろとその場を去っていく。

そんな中、一人の女神が笑顔で近づいてきた。

「うぇーい♪　姫ちゃみ、おっつー♪」

ゆぃぽんである。

「おっつー（棒読み）」

ぱんっ、と彼女に合わせてハイタッチしてやると、ゆぃぽんはどこからかタピオカミルクティーを取り出して言った。

「とりまそこのベンチでタピらね？　偉い人と話すのちょーしんどそうじゃん？」

「ふむ。それは構わんが、お前はいいのか？　このタピオカミルクティーとやらはカロリーが馬鹿みたいに高いのだろう？　先ほどもニケたちと飲んでいたようだが……」

「いやいや、大丈夫っしょ！　タピオカってなんかおもちみたいだから植物っぽいし、ミルクティーも葉っぱと牛乳でほぼ植物だし、砂糖とかよく分かんないけどたぶん植物だし！　……って、え、あれ？　じゃあもしかしてこれサラダなんじゃね？　やば、ダイエット食じゃん（ちゅー）」

「私はお前のそういう色々とザルなところが意外と嫌いではないぞ」

　ちゅー、と同じくベンチに座って喉を潤していたウィクトリアに、ゆぃぽんが思い出したように言った。

「てか、あのおじさんマジやばかったよね～。なんかめっちゃ勃ってんのに真顔でぴのちゃみ守ろうとしててさ～」

「ああ、それが〝ゲンジ〟という男だ。あれは一見するとただの変態だが、一本筋の通った変態だ。ゆえに恐ろしく強い。まさか私の予想を上回るとは思わなかったからな」

「いや、むしろあれで勝てる方がおかしくね？　あたしらやったのすっぴん見せてパッド投げただけなんですけど……」

　そう半眼を向けてくるゆぃぽんに、しかしウィクトリアは首を横に振って言った。

「いや、そんなことはない。言っただろう？　やつは〝変態〟だと。剣術使いには対剣術用の戦術を、魔術使いには対魔術用の戦術を用いるように、今回は対変態用の戦術を用いたまでのこと。ゆえに一度はやつを追い詰め、我らの勝利は目前だった。だがやつの潜在能力がそれを上回ったのだ――《想像妊娠》という形でな」

「うわ出た！　あのちょーキモいスキル！」

　ドン引きしたように自らの身体を抱くゆぃぽんに、ウィクトリアは「ああ」と頷いて言う。

「確かに嫌悪感を抱くようなスキルではあったが、この私ですらあの領域の思考加速を行うことは不可能だ。〝想像〟という範疇を優に超えているからな。それをあの状況でああも容易く使いこなして見せるとは……まったく楽しませてくれる……っ」

「いや、怖い怖い⁉　何そのやばい笑顔⁉　まあ珍しいから撮っとくけど⁉」

パシャッ、とこの状況でも自撮りするゆぃぽん。

「って、いつもの顔に戻ってるし⁉　でもめっちゃピースしてるからこれはこれでおけまる～♪

うぇーい♪」

「うぇーい（棒読み）」

ぱんっ、と再びハイタッチした後、ゆぃぽんが嬉しそうに言った。

「んじゃ姫ちゃみにも写真送るね～♪　って、あ、やべ⁉」

「うん？」

ぴろりん♪　と届いた画像を開いてみれば、そこには筋骨隆々のゲンジが全裸でフル勃起している姿が写っていた。

「お前……」

「いや、違うし⁉　今のは事故だし⁉」

「まあお前がむっつりなのは知っていたが、あまり親御さんを悲しませんようにな」

「悲しまないし⁉　てか、むっつりでもないし⁉」

「ともあれだ。この写真は記念にもらっておこう。私の愛する男の写真だからな」

「いや、姫ちゃみの方がむっつりじゃん⁉　てか、ちんちん好きすぎじゃん⁉」

「誰がちんちん好きすぎだ。というか、うら若き娘が〝ちんちん〟とか言うんじゃない。少しは恥じらいを持て」

「いや、姫ちゃみもちんちん言ってんじゃん⁉　もうおちんちんマニアじゃん⁉」

おちんちんマニア……、と今時ギャルに翻弄されまくる最強の女神なのであった。

本書に対するご意見、ご感想をお寄せください。

あて先

〒162-8540 東京都新宿区東五軒町3-28
双葉社　モンスター文庫編集部
「くさもち先生」係/「マッパニナッタ先生」係
もしくは monster@futabasha.co.jp まで

種付けおじさんの異世界プレス漫遊記 ～その者、全種族(勇者と魔王も含む)を嫁にし、世界を救った最強無双のハーレム王なり～

2023年7月31日　第1刷発行

著　者　くさもち

発行者　島野浩二

発行所　株式会社双葉社
〒162-8540　東京都新宿区東五軒町3番28号
［電話］03-5261-4818（営業）　03-5261-4851（編集）
http://www.futabasha.co.jp/（双葉社の書籍・コミック・ムックが買えます）

印刷・製本所　三晃印刷株式会社

［電話］03-5261-4822（製作部）
ISBN 978-4-575-24632-2 C0093

異世界最強の嫁ですが、夜の戦いは俺の方が強いようです 1

~知略を活かして成り上がるハーレム戦記~

シンギョウ ガク
ill をん

異世界に転生したアルベルトはアレクサ王国で安泰な生活を目指していた。しかし、地上最強生物で鮮血鬼と呼ばれる鬼人族の女性マリーダに攫われ、しかも襲撃の手引きしたとして、王国から指名手配されてしまう。元の国に帰れなくなったアルベルトはエランシア帝国で生活していくことを決める。魅力的な肉体を持つマリーダとの営みなど良い思いをしつつ、現代知識を活かして、内政、軍事、謀略などで大きな功績を挙げる!? ちょっとエッチなハーレムコメディー開幕!

モンスター文庫

発行・株式会社　双葉社